우리는 평생 배고프다

청춘문고

배고플 때 읽으면 더 배고픈, 맛집 에세이

주린 배를 부여잡고

어디 맛집 없나…

두리번거리는 _______님께

맛집 에세이를 드립니다.

목차

작가의 말
- 수박와구와구

맛집 평론가. 아점대학교*에서 맛집 평론을 전공했다. 그간 인터넷에 적은 글 중에서 음식과 관련한 글을 모았다. 생각보다 글이 많았다. 이걸 다 인쇄하면 절대 못 읽겠다고 생각해서 일부만 추렸다. 평론가 인내심을 기준으로 추측했을 때, 100페이지 넘어가면 못 읽는다. 아무리 재미있는 책이라도 100페이지에 이르면 흥미가 딱 떨어지고 책은 냄비 밑에 스윽 넣어 보관한다. 하나하나 다시 읽어보면서 비교적 괜찮은 글은 A폴더에 넣고, 누가 보면 어떡하지 정말 부끄러워서 어떻게 하지도 못하겠다, 하는 글은 B폴더에 넣었다. 뚝딱뚝딱 열심히 편집해서 인쇄하고 보니… B폴더의 글이었다. 폴더를 착각했다. 누가 보면 어떡하지 정말 부끄러워서 어떻게 하지도 못하겠다. 그래서 어떻게 하지는 못하고 그대로 출간을 강행! 다음에는 조금 더 나은 작품을 약속한다.

*아점대 홈페이지 : brunch.co.kr/@joyhappyboy

화가의 말
- 이태원댄싱머신

그림을 열심히 그려도 써먹을 데가 없다. 자고로 어른 말은 틀린 게 하나 없다. 너 사람 얼굴 그려서 뭐 할 건데? 딱히 할 게 없다. 지푸라기라도 잡는 심정으로 책을 만들었다. 지푸라기에는 어떤 표지가 어울릴까. 고민을 했지만, 역시 사람 얼굴이다. 사람이 먼저다.

불완전한 삶에서

노브랜드 버거를 먹었다. 토마토와 양파가 인상적이다. 일단 토마토가 딱딱했다. 맥도날드였다면, 아마 토마토의 가장 부드러운 부분을 활용했을 거다. 양파는 매웠다. 롯데리아였다면, 아마 물에 담가서 매운맛을 제거하고 넣었을 거다. 알바생의 실수였을까. 최저임금 때문일까. 노골적으로 말했지만, 그럼에도 불구하고 좋았다. 맛있게 먹었다.

완벽함을 요구받는 삶을 살고 있다. 유명인의 이야기가 아니다. 소시민인 나조차도 끊임없이 평가받고 또 평가한다. 내가 평가받을 때는 곤욕이고 시련이지만, 남 지적하는 건 무척 재미있다. 업무도, 여가도, 연애도 전부 도마에 올라간다. 자신에게 더 가혹하다. 그러다 보면 지친다. 바야흐로 '피로 사회'다. 이 피로 때문에 가끔 관대해지기도 한다. 불완전한 것에 애정이 간다. 미완성이 지닌 매력이 있다.

노브랜드 버거가 그런 느낌이었다. 아마추어 티가 팍팍 나는 느낌. 여자친구가 부엌을 엉망진창으로 만들면서 한 시간 가까이 걸려 만든 그런 버거. 완벽하진 않지만 그래도 내가 만든 것치고 맛있더라, 먹어봐, 하는 느낌으로 다가왔다. 그래서 맛있었다. 기성품 버거와 달리 신선하고 딱딱하고 거칠었다. 그리고 프랜차이즈답게 소스의 간도 적당했다. 간만 맞으면 뭐든 먹을 만하다. 거칠고 신선하고 완벽하지 않은 버거. 어쩔 수 없이 애정이 간다.

마음만 먹으면 얼마든지 비평의 칼날을 댈 수 있는 버거다. 하지만 그럴 마음이 들지 않는다. 우리의 부엌과 우리의 칼은 얼마나 완벽한가. 불완전한 삶에서 불완전한 버거를 만난 건 어쩌면 당연한 일이 아닐까.

햄버거 먹을 때는 칼이 필요 없다.

자연스러운
토마토

요즘 괴이한 과일을 찾았다. 토마토인지 대추인지 설탕인지 알 수 없는 무엇이다.

내가 다니는 회사는 복지 차원에서 휴게실에 과일을 둔다. 나는 회사에서 월급루팡이고 일하는 시간보다 과일 먹는 시간이 더 긴 터라 사실상 과일 먹으러 출근하는 셈이다. 보통 바나나, 딸기, 파인애플 등을 먹는다. 사과는 깎아먹기 귀찮다. 파인애플은 먹기 좋게 잘라서 온다. 참 편리한 세상이다.

그러다 요즘 발견한 괴이한 존재. 도대체 무엇인지 모르겠으나 빠져들었다. 매주 먹는다(일주일에 한 번 정도 출근한다). 이름은 더달콤 대추방울토마토.

엄청 달다. 설탕에 절인 게 아닌가 의심할 정도로 부자연스럽게 달다. 자연에서는 사과도 귤도 달지 않은데 품종 개량으로 지금의 당도가 만들어졌다. 그런 걸 생각하면 토마토가 이렇게 달달한 것은 자연스러운 일인지도 모른다. 자연의 산물인 과일이 부자연스러울 정도로 달콤해지는 게 자연스러운 일이라니. 자연스러움의 정의를 허무는 맛이다.

대학 때 인사동의 전통 찻집에서 알바를 했다. 찻집의 이름은 인사동. 마당이 있는 한옥이었다. 마당은 그냥 흙바닥인데, 비가 오면 마루에서 보는 광경이 나름 그럴듯했다. 여름에는 팥빙수가 잘 나갔다. 주방에서는 빙수에 올릴 토마토를 열심히 잘랐고, 나는 주문을 전달하러 주방을 들락날락하며 부단히도 토마토를 집어먹었다. 자른 건 먹지 말고 여기 자르지 않은 걸 먹어. 친절한 알바 누나의 지시대로 열심히 토마토를 집어먹었다. 예나 지금이나 토마토는 복지다.

일하기 위해 태어난 것은 아니지만, 이상하게 일하기 적합한 신체를 가지고 오늘도 출근한다. 먹히기 위해 태어난 것은 아니지만, 이상하게 달달한 대추방울토마토가 와그작와그작 씹어먹힌다.

토마토
전혀 다르게 생겼지만 가지과에 속한다. MSG의 원료인 글루타민이 많아서 토마토 자체로 감칠맛이 난다. 요리해서 먹으면 더 맛있는 이유다. 토마토에 독이 있다는 이야기가 있는데, 사실이다. 열매보다 줄기와 잎에 많다. 가지도 마찬가지.

일하기 위해 태어난 것은 아니지만,
이상하게 일하기 적합한
신체를 가지고 오늘도 출근한다.
먹히기 위해 태어난 것은 아니지만,
이상하게 달달한 대추방울토마토가
와그작와그작 씹어 먹힌다.

카오산로드가 펼쳐진다

타이 쌀국수를 먹었다. 오랜만이다. 베트남 쌀국수는 닭이나 소로 국물을 내는데, 타이 쌀국수는 조금 더 다양하다. 향신료도 타이 쌀국수가 더 강하다.

파주 '지혜의 숲' 옆에 있는 작은 가게였다. '지혜의 숲'의 아름다움은 일찍이 들어서 알지만, 직접 볼 기회가 없었다. 이번에 쏘카로 차를 빌려서 가봤다. 과연 사진을 안 찍긴 어려운 곳이다. 사람들이 왜 SNS

를 하는지 다시 느낀다. 내가 여기 왔다는 걸, 내가 이런 사람이라는 걸 어떻게든 자랑하고 싶다. 사진도 찍고 그림도 그리고 산책도 하면서 놀았다. 책도 조금 읽었다. 어느새 주변이 어두워져 부랴부랴 식당을 찾아 달려갔다. 근처에 식당이 별로 없다.

타이 음식점이라 해도 한국인이 운영하는 경우가 많은데, 여기는 아이들이 한국어 책을 펼쳐놓고 공부하는 가게였다.

비프누들

국물을 한 입 후루룩 떠먹자 카오산로드가 눈앞에 펼쳐졌다. 정작 카오산로드에서는 쌀국수를 사먹은 적이 없지만, 딱 그 맛이었다. 담백하면서 간이 맞았다. 숙주와 면의 식감도 적당했다. 최근 먹은 쌀국수 중에서 가히 최고라고 말할 수 있다.

똠얌누들

국물을 한 입 후루룩 떠먹자 시큼한 카오산로드가 눈앞에 펼쳐졌다. 처음 먹었을 때 김치에 식초를 부은 느낌을 받은 똠얌꿍. 먹다 보니 이제 적응이 됐는지, 맛있다. 일단 자극적이고 맵고 시다. 익숙해지면 짜고 단 맛도 느껴지기 시작한다. 그렇다고 모든 식당의 똠얌꿍이 맛있는 건 아닌데, 여기 똠얌누들은 맵고 시고 짜고 단 맛이 잘 어우러졌다. 타이 승려는 머리카락뿐 아니라 눈썹까지 민다. 정신없이 먹다 보면 누가 눈썹을 밀어도 모를 정도로 맛있다.

똠은 끓인다는 뜻이고, 얌은 새콤한 맛, 꿍은 새우를 말한다. 지금 돌이켜 생각해보니 똠얌누들에는 새우가 없었다. 똠얌꿍이 아니다.

생맥주

타이 맥주도 있는데, 안 시켰다. 어느 지역이든 살아 있는 생맥주가 답이다. 타이에서는 맥주에 얼음을 타서 마시기도 한다. 일단 생맥주를 시켰다. 한입 꿀꺽 꿀꺽 마시자 타이 맥주 없이도 카오산로드가 눈앞에 펼쳐졌다. 정신없이 마시다 보면 눈썹이 얼어버릴 정도로 시원하고 좋았다.

파주는 출판과 똠얌의 고장이다.

푸켓 테이블

코로나19가 아니어도 타이에 갈 필요 없다. 파주에 다 있다.

바람직한
와인

집 앞에 이마트가 있어서 자주 간다. 얼마 전에 충격적인 광경을 마주했다. 신세계에서 직접 수입해 온 이마트 와인을 4,900원에 팔고 있었다. 홀린 듯이 사먹었다. 맛은 의외로 좋았다.

민감한 혀의 소유자가 아니라서 내가 고른 와인에 대체로 만족하는 편이다. 평상시 1만 원대* 와인을 주로 마신다. 맛에 관대한 내 혀도 3만 원대 와인에는 반응한다. 확실히 3만 원이 넘어가면 더 맛있다.

그런데 이번에 들어온 이마트 와인은 겨우 4,900원에 유통되지만 혀가 반응한다. 이제 1만 원대 와인은 안 마신다. 차라리 3만 원대로 마시거나, 아니면 이마트 와인으로 간다.

보통 와인은 3,000병 단위로 수입한다. 많이 수입하는 경우는 그 10배인 3만 병을 한꺼번에 들여오기도 한다. 이번에 들여온 4,900원짜리 와인은 100만 병을 한꺼번에 수입했다고 한다. 규모의 경제다. 규모의 경제는 양을 늘려서 비용을 낮추는 전략이다. 이마트처럼 한 번에 들여오는 와인의 양을 늘리면 병당 발생하는 유통 비용이 낮아진다. 이와 비슷한 것으로 범위의 경제가 있다. 범위의 경제는 문어발처럼 영역을 확장해서 비용을 낮추는 전략이

*와인의 등급을 아주 단순하게 나누면, 1만 원대, 3만 원대, 5만 원대 이상, 이렇게 된다. 당연히 애호가라면 이렇게 대충 나누지 않을 거지만, 나는 허세로 마시는 거니 대략 이렇다.

1만 원대 : 괜찮다. 먹을 만하다.

3만 원대 : 매우 맛있다. 고르는 순간부터 행복하다.

5만 원대 : 내 돈 내고 먹어본 적 없다.

물론 위 가격은 마트 기준이다. 레스토랑에서 8만 원에 파는 것도 마트에서는 3만 원대다.

다. 와인의 소매 유통을 이마트가 맡았다면, 와인을 해외에서 가져오는 건 신세계L&B다. 신세계에서 다 해먹기 때문에 유통 비용을 낮출 수 있는 거다. 결국 이 와인의 가성비는 규모의 경제와 범위의 경제가 동시에 작용한 결과라고 볼 수 있다.

아주 바람직하다. 소비자의 입장에서 시장은 다변화될수록 유리하다. 대기업은 품질이 보증된 상품을 대량으로 유통해서 가격을 낮추고, 소기업은 독특하고 매력적인 상품을 내놓는 것이 이상적이다. 물론 현실은 녹록지 않다. 대기업이 가격을 낮추는 경우는 소기업 제품을 베낄 때뿐이고, 소기업이 차별화된 제품을 내놓는 건 노동자의 영혼을 갈아넣어 착취할 때뿐이다.

온라인 시장은 갈수록 커지고 대형 마트의 성장은 주춤하고 있다. 이마트는 올해 처음으로 적자를 보았다.* 온라인 고객을 매장으로 유인하는 게 쉽지 않은데, 술은 온라인 판매가 금지되어 있다. 이마트에서 와인에 승부수를 던진 이유가 아닐까 추측해 본다.

와인은 수입 가격에 비해 너무 비싸고 유통사에서 가져가는 마진이 너무 크다는 비판이 많았다. 2018년 한국소비자원에서 발표한 보고서를 보면 그 차이가 어마어마하다. 평균 수입 가격과 판매 가격을 계산해보면 레드 와인이 평균 11.4배, 화이트 와인이 평균 9.8배 차이 난다. 다 유통 비용 때문이다.

그런 줄 알았다. 다 유통 비용 때문인 줄 알았다. 하지만 꼭 그렇지는 않다. 스페인산 스파클링 와인 보히가스 그랑 리저브 엑스트라 브뤼는 매장에 따라 가격이 다르다. 이름이 워낙 길어서 기억하기는 커녕 보고 읽기도 어렵다. 비싼 곳은 9만 원, 싼 곳은 1만 9,000원이다. 와인의 종류가 다양하고 가

*이마트는 2019년 2분기에 첫 적자를 기록했다. 1993년 창사 이래 처음이다. 온라인 오프라인 가리지 않고 적자를 냈다. 이후 적자와 흑자를 반복하는데, 전반적으로 성장세를 이어가는 중이다. 이마트 트레이더스 등 자회사의 실적은 더욱 좋아지고 있다.

격 비교가 쉽지 않으니 장난치는 거다. 장난을 치면 나는 주로 당한다. 가만히 당하고만 있지 않은 소비자도 있다. 「와쌉」이라는 홈페이지가 있다. 와썹 아니다. 와인 이름을 치면 어느 매장에서 얼마에 파는지 다 나온다.

선호하는 와인이 있다면 적극적으로 대응하는 것도 좋다. 저렴한 곳을 검색하고 사자. 입맛이 관대한 사람은 고민할 것 없이 이마트 와인을 선택하면 된다. 마실 만한 와인이 4,900원이다.

비슷비슷한데
역시
비슷비슷하다

카페에 가면 카푸치노를 자주 마신다. 카푸치노, 카페라테, 카페모카, 마키아토, 아인슈페너, 플랫화이트 등 커피 종류는 엄청 많다. 어르신들은 카페에서 주문하기도 쉽지 않다. 나도 내일모레면 어르신이라 그런지, 커피 향 솔솔 나는 영어 메뉴판에 압도당해 땀을 삘삘 흘린다. 땀을 닦으며 카푸치노를 주문해봤는데, 맛있었다. 그날 이후 카푸치노를 주로 마신다. 어차피 내 입맛에는 다 비슷비슷하니까 익숙한 걸로 간다. 고르는 것도 고역이다.

사실 차이가 있기는 하다. 에스프레소espresso는 머신으로 뽑은 커피 원액이다. 조금 빨리 뽑으면 리스트레토ristrreto라고 부른다. 그대로 마시기에는 조금

진하다. 그래도 유럽인들은 확 원샷으로 들이켰는데, 미국 사람들은 물을 타서 마셨다고 한다. 그래서 물을 섞으면 아메리카노americano다. 미국식으로 발음하면, 어무에리카노. 보통은 블래액 커퓌라고 한다. 이와 조금 다른 게 롱블랙longblack이다. 보통 에스프레소에 물을 부어서 아메리카노를 만드는데, 호주에서는 물을 미리 부어놓고 에스프레소를 추가한다. 이를 롱블랙이라 부른다. 그게 그거다.

비슷한 게 하나 더 있는데, 따로 물을 추가하는 게 아니라 오랫동안 머신으로 내린다. 물을 많이 부어서 결과적으로 아메리카노처럼 묽게 나온다. 이건 룽고lungo라고 부른다. 오랫동안 압출하기 때문에 커피 맛이 더 강하다. 나도 집에서 마실 때는 따로 물 끓이는 게 번거로워 오랫동안 커피를 내린다. 의식하지 못하고 룽고를 마시는 거였다.

여기에 우유를 부으면 카페라테caffe latte가 된다고 하는데, 사실은 우유와 우유거품을 넣어야 한다. 카푸치노cappuccino도 우유와 우유거품을 넣는다. 둘의 차이는 비율이다. 우유가 더 많으면 카페라테, 우유거품이 더 많으면 카푸치노라고 부른다. 부드러운 거품이 수북하다. 바로 마시지 않으면 일본 부동산처럼 금방 내려앉는다. 카푸치노는 시나몬 가루를 뿌린다. 시나몬은 계피와 약간 다르다. 원산지도 다르고 형태와 맛도 차이가 있다. 시나몬은 부드럽고 달콤하다. 계피는 맵고 쓴 맛이 있다. 한약재다.

카페라테에 초콜릿 시럽을 넣고 휘핑크림까지 얹으면 카페모카cafe mocha가 된다. 카페라테에 바닐라 시럽이 들어가면 카라멜 마키아토caramel machiato라고 부른다. 미국식으로 발음하면, 카아멀 마키아로 혹은 케러맬 마키아로다. 아이스크림에 에스프레소를 넣으면 아포가토affogato가 된다. 결국 그게 그거다.

프라푸치노frappuccino는 스타벅스에서 만든 메뉴다. 다른 카페에서는 다른 이름으로 부른다. 갈아넣은 얼음으로 유명한 이 메뉴는 프라페frappe와 카푸치노

cappuccino의 합성어다. 그리스에서 자주 마시는 프라페는 인스턴트 커피에 우유와 설탕 그리고 얼음을 넣은 달달한 커피다.

거품의 강자답게 일본은 커피가 유명하다. 특히 핸드드립이 뛰어난데, 전통적인 다도 문화의 영향인 듯하다. 드립커피로 유명한 블루보틀도 일본의 카페 문화를 참고했다고 한다. 하지만 나에게는 다 비슷비슷하여 일본 가서도 스타벅스에 들렀다. 그냥 코히 외치면 될 걸, 괜한 도전 의식이 발동하여 녹차라테에 샷을 추가했다. 맛차라테 숏토 츠이카 구란데사이즈데 오네가이시마스! 고생해가며 외운 문장을 어떻게든 말하고 나면 묘한 성취감이 든다.

커피 맛이 비슷하다고 자꾸 주장하는 건 내가 무던한 사람이기 때문이다.

예민한 사람은 차이를 안다. 드립커피와 에스프레소 중 어느 쪽을 좋아하는지는 물론이고, 에스프레소 중에서도 스타벅스는 어떻고 커피빈은 어떻고 하며 원두를 따질 줄 안다. 의도하지 않아도 더 나은 걸 찾는다. 자연스럽게 미식가가 된다. 대신 삶이 피곤하다. 남 배려, 남 걱정을 많이 하는 대신 자기를 챙기기 어렵다. 내면의 강함이 더욱 요구된다.

무던한 사람은 차이를 모른다. 모카포트에 끓이든, 카누에 미지근한 물을 들이붓든 그냥 커피네… 한다. 더 나은 거 없느냐고 굳이 찾지 않는다. 삶은 그럭저럭 살아갈 만하다. 대신 주변 사람이 피곤하다. 불편함을 못 느끼니 눈치도 없다.

가끔은 자기 자신에 대한 눈치도 없다. 문제는 여기서 발생한다. 겉으로 보기에는 평온하다. 마치 호수를 둥둥 떠다니는 백조처럼. 아무리 둥둥 떠다녀도 아무리 무던해도 사람은 다친다. 결국 내면의 상처를 미리 발견하지 못하고 계속 키워나간다. 나는 괜찮아, 라고 아무렇지 않게 말하지만, 가끔은 이유도 모르게 울음이 터져나올 것 같다.

다
이유가
있다

사람들이 줄을 길게 서 있다. 맛있는 냄새가 난다. 사람들이 줄을 서니 맛집이겠거니, 하고 같이 줄을 서서 먹는 사람이 있을 거다. 밴드왜건*이다. 반대로 일부러 찾아왔더라도 기다리기 귀찮다며 다른 곳으로 가는 사람이 있을 거다. 스놉이다.

나는 스놉*이다. 오늘 강남역 지하상가를 걷고 있었다. 사람들이 줄을 선 게 보였고, 나는 그냥 지나쳐서 가려고 했다. 그런데 여자친구가 잡았다. 여자친구는 밴드왜건이다.

크림치즈를 넣은 마늘빵이었다. 사람들이 보는 앞에서 여러 명이 한 줄로 서서 작업한다. 가장 오른쪽 사람은 빵에 십자가 모양으로 칼집을 낸다. 그 옆 사람은 크림치즈를 들고 빵마다 쭈욱쭈욱 짜넣는다. 그 옆 사람은 빵을 마늘양념 속에 담갔다 꺼낸다. 그다음 사람은 오븐에 집어넣고, 그다음 사람은 잘 구워진 마늘빵을 가져와서 봉투에 담는다. 가장 왼쪽에 있는 사람은 계산을 한다.

인간이 스스로 컨베이어 벨트가 되는 광경이랄까. 향긋한 「모던타임스*」였다.

가게 위치는 강남역 지하상가. 얼마 전까지 식빵을 팔던 곳이다. 몇 달 전까지 다양한 맛의 식빵을 파

*bandwagon : 사람들이 줄을 서는 데는 이유가 있지.
*snob : 나는 남들과 달라.
*「모던타임스」 : 컨베이어 벨트에서 일하는 노동자를 희극적으로 그린 영화다. 퇴근한 뒤에도 컨베이어 벨트에서 벗어나지 못하고 나사를 조인다. 찰리 채플린 연출, 찰리 채플린 주연이다. 더 극단적으로 가면, 인간은 기계의 일부가 되어 전지 역할을 수행한다. 이건 매트릭스다. 워쇼스키 자매 연출, 키아누 리브스 주연이다.

는 가게가 유행이었다. 2013년에는 빙수가 떴다. 2014년엔 벌집 아이스크림, 2015년에는 스몰비어와 대왕카스테라가 인기였다. 대부분 1~2년 인기를 끌다 사라진다. 나는 대왕카스테라를 아주 좋아했는데 식용유 논란으로 사라져서 아쉽다. 그 빈자리를 과일 주스, 핫도그가 차지했다가 식빵에 자리를 내주었다. 흑당과 마라탕은 꽤 오래 간다. 마라탕은 아마 더 오래 갈 것 같다. 중국에서 지낸 시기를 떠올려보면 한국 사람은 대부분 마라탕을 좋아했다.

유행이라고 하면 일단 거부감이 든다. 그래도 여자친구가 먹자고 하니 기다렸다. 오래 기다려서 딱 하나 샀다. 집에서 전자레인지에 넣고 돌렸다. 따뜻해야 맛있으니까. 한 입을 먹는데!!! 헐퀴. 이 작고 소중한 걸 여자친구와 나눠 먹어야 하다니!! 지금 싸움을 걸면, 그래서 여자친구가 집을 나가면, 내가 이걸 혼자 다 먹을 수 있을까. 아니야 내가 쫓겨날 수도 있어. 여자친구가 다이어트 중이란 걸 상기 시켜줄까. 아니야 내가 쫓겨날 수도 있어. 그러면 쫓겨날 때 이 빵을 가지고 나갈 수 있을까. 말도 안 되는 고민은 게 눈 감추듯 먹어치웠다.

사람들이 줄을 서면 다 이유가 있다.

강릉육쪽마늘빵

몇 달 후 강남역 지하상가를 다시 찾았다. 여전히 바글바글하다. 빠른 속도로 지나가는 사람들을 본다. 육쪽마늘빵을 팔던 자리는 새로운 유행에 자리를 내주었다. 빠른 속도로 입맛을 다신다.

반복과
변화

오늘도 늘 그렇듯이, 빨간 츄리닝에 조끼를 입고 동네 카페에 갔다. 내가 가장 좋아하는 조합이다. 이렇게 입으면 왠지 글도 잘 써질 것 같다. 동네 카페라고 하기에는 아주 거대하다. 정비소 건물이나 방직 공장을 원형 그대로 활용하는 걸 업사이클링 컨셉이라 하는데, 이 카페가 그런 곳이다. 층고가 높고 시원시원하다.

얼마 전 집에서 2분 거리 골목에 들어섰다. 카페가 생기고, 매일 빨간 츄리닝에 조끼를 입고 갔다. 여기서 2시간 정도 노트북을 켜고 다다닥 키보드를 친다.

마시는 건 항상 같다. 따뜻한 녹차라테, 샷 추가해서. 오늘도 늘 하듯이 음료를 주문하려고 카운터로 다가갔다. 가면서 녹… 까지 말했는데, 포스에 따뜻한 녹차라테 그리고 샷 추가가 다다닥 찍히는 게 보였다. 카드를 내밀며 …차라테… 결제되면서 따뜻… 카드를 받으면서 샷 추가요… 를 자연스럽게 말하고 자리에 돌아갔다.

자동 완성 기능* 같다, 라는 생각을 하며 녹차라테를 마셨다.

매일 반복되는 생활에도 나는 큰 변화가 없다. 맞춤법을 틀리고, 고친다. 글이 완성되면 인터넷에 올리고 가만히 앉아 '좋아요'를 기다린다. 이미 업로드한 글에서 잘못된 맞춤법을 뒤늦게 발견하고, 고친다. 그 반복이다. 나와 달리 카페 알바생은 발전하는 것

*자동 완성 기능 : 앞글자만 치면 예측해서 자동으로 완성하는 기능을 말한다. 예를 들어 '구의'라고 치면 '구의역 맛집' '구의역 카페'와 함께 '구의역 김군'이 자동으로 나온다. 자동 완성 기능 때문에 맞춤법을 헷갈리는 사람이 더 많아지고 있다.

같아, 부럽다. 반복이 누적되면 변화가 생긴다. 그렇다고 다들 생각한다. 이른바 양질 전환이다.

말콤 글래드웰은 「아웃라이어」에서 1만 시간의 법칙을 이야기한다. 국내에도 많이 소개되었는데, 종종 누구든 1만 시간만 노력하면 잘될 거라고 잘못 해석한다. 사실 1만 시간의 법칙은 환경과 재능의 중요성을 강조한다. 좋은 환경에서 좋은 재능을 가지고 태어난 아이가 1만 시간을 거쳐 성공한다는 법칙이다. 누구는 발전하고 누구는 같은 실수를 반복하는 이유다.

오늘도 늘 그렇듯이, 글이 안 써진다.

브라운핸즈
쿠폰이 재미있다. 독특한 모양의 도장 10개가 있다. 커피를 마실 때마다 하나씩 찍는데, 어느 도장은 여자아이, 어느 도장은 책상, 어느 도장은 강아지, 나무 등이 찍힌다. 다 찍으면 그림 하나가 완성된다. 그걸 내면 무료 커피 한 잔을 받을 수 있다. 나는 이게 아까워서 사용을 못 한다. 커피를 마셔서 쿠폰을 찍게 하고, 예쁘게 만들어서 차마 사용하지 못하게 만드는 것도 전략일까.

쌈장으로
쳐들어가라

쌈장에 빠졌다. 다진 마늘을 넣은 쌈장에 완전히 빠졌다. 거의 매일 퇴근하면 쌈장에 밥을 먹는다. 재료는 간단하다. 그냥 가장 작은 쌈장을 산다. 그리고 마늘을 다진다. 탁탁탁탁. 한 달 동안 마늘만 다졌더니 이제는 제법 잘 다진다. 쌈장과 마늘의 비율은 2:1 정도. 섞으면 준비 끝이다.

얼마 전에는 오이고추랑 먹었고 어제부터는 쌈배추랑 먹는다. 삼겹살을 구울 때도 있다. 채소와 고기는 가까운 마트에서 그때그때 보이는 걸 고른다.

이렇게 매일같이 쌈장에 빠져 허우적거리다, 오늘 냉장고를 열었는데 쌈장이 없다. 생각해보니 어제 다 먹고 통도 씻어서 분리배출*까지 했다. 부랴부랴 집 앞 마트에 가서 하나 사왔다. 위잉 하는 소리에 핸드폰을 보니 뭐가 하나 떠있다.

정부 긴급재난지원금* 사용 금액 및 잔액 안내

맞다. 어제 신청했다. 생각도 못 했는데 정부지원금으로 결제되었다니 기분이 좋다. 겨우 1,300원이지만(엥, 여기 마트 비싸네?) 정부의 정책을 직접 입으로 체감하니 정치효능감*이 쑥쑥 오르는 기분이다.

*분리배출 : 흔히 분리수거와 혼동해서 사용한다. 주민은 분리배출하고 지자체는 분리수거한다. 주민이 직접 분리수거까지 한다면 착한 사람이다.
*긴급재난지원금 : 2020년 코로나19로 인한 어려움을 극복하기 위해 전 국민에게 긴급재난지원금이 지급되었다. 신용카드 강국답게 사용 방법이 매우 간편하다. 미리 신청하고 평상시 사용하는 카드로 결제하면 정부지원금에서 빠져나간다.
*자기효능감은 할 수 있다는 느낌이다. 구체적인 활동에 대한 자신감 수준이다. 자기효능감이 높은 사람은 어려움이 닥쳐도, 정신을 놓거나 피하는 대신 어떻게 해결할까를 고민한다. 언론학자 강준만은 「청년이여, 정당으로 쳐들어가라!」에서 정치효능감을 이야기한다. 정치에 참여하면 구체적인 무언가를 바꿀 수 있다는 느낌이 정치효능감이다. 크고 작은 참여와 성취가 정치효능감을 높인다.

꽃집으로 쳐들어가라

새로 계약한 서점 옆에 꽃집이 있다. 서점 공간을 청소하고 준비하느라 왔다 갔다 하다 보니 꽃집 앞을 자주 지나간다. 오늘도 꽃집을 지나가는데, 여기를 그냥 지나갈 수 없지, 라고 내가 생각하고 있다고, 여자친구가 말했다. 그렇다면 여기를 그냥 지나갈 수 없지. 마침 카드를 가져오지 않아서 여자친구의 카드에 손을 댔다. 말리기 좋은 작고 귀여운 장미와 다른 초록이들을 모아서 비율은 2:1 정도, 다발을 하나 만들었다.

자기 사주는 꽃을 자기 카드로 긁은 거냐고, 여자친구는 황당해했다. 하지만 그렇게 생각할 일은 아니다. 어차피 정부에서 지원하는 긴급재난지원금으로 결제되었기 때문이다. 현 청와대에서 적극 추진해서 시행한 정책이니 문재인 대통령이 사준 거라고 볼 수도 있다. 아니다. 우리가 뽑은 대통령이니 우리 모두가 함께 사준 셈이다.

남친효능감은 남자친구에 대해 느끼는 묘한 감정이다. 남친효능감이 높은 사람은 혼잣말을 해도 꽃이 생긴다.

여기를 그냥 지나갈 수 없지,
라고 내가 생각하고 있다고,
여자친구가 말했다.
그렇다면 여기를 그냥 지나갈 수 없지.

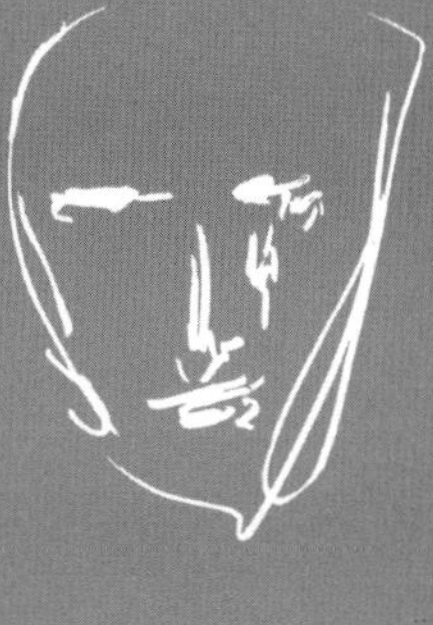

혼자
먹는
막걸리

막걸리를 마시러 왔다. 첫맛은 막걸리의 시큼함이 느껴진다. 그리고 두 번째 모금부터는 치즈의 큼큼함이 나오기 시작한다.

친구들과 막 헤어지고 집에 가는 길이었다. 그러다 여기를 지나갔다. 독서 모임이 끝나면 사람들과 들르던 술집이다. 데이트하기 좋은 분위기다. 사람도 바글바글하기 때문에 혼자 올 엄두는 못 냈다. 막걸리를 마신 지 오래되었는지 오늘은 참기 어려웠다. 주저하다 용기를 내어 들어갔다.

마침 비가 온다. 하지만 비가 온다고 막걸리에 파전을 먹는 그런 전형적인 사람은 아니다. 김치전을 시켰다. 가로수길답게 김치전 하나도 평범하지 않다. 코코넛*을 넣고 버무린 김치전이다.

홀짝홀짝 마시다 보니 김치전이 나오기 전에 막걸리의 절반을 비웠다.

머릿속에서는, 사람들이 바글바글한 핫플레이스에서 혼술하는 상황이 민망하니 얼른 마시고 떠나고 싶은 마음과, 이렇게 용기 내서 들어왔으니 충분히 만끽하고 싶은 마음이 열심히 싸우고 있었다. 막걸리가 꿀꺽꿀꺽 들어가면서, 싸우다가 정든다고, 둘은 알딸딸한 친구가 되었다. 에라 모르겠다. 마음의 어깨동무가 찾아왔다.

*나는 코코넛을 좋아한다. 카레를 만들 때도 코코넛 가루를 넣고, 커피를 끓일 때도 코코넛 가루를 넣는다. 항상 코코넛 가루(파우더)를 사용한다. 하이난에서 넉넉히 사왔다. 마트에서 쉽게 구할 수 있지만, 코코넛 열매는 직접 다루지 않는다. 상상 이상으로 단단하기 때문이다. 드릴로 구멍을 뚫거나 칼로 윗부분을 잘라야 활용할 수 있는데, 초보자가 함부로 칼을 들이댔다가는 칼이 부러지는 대참사가 벌어진다.

코코넛김치전

김치전은 그냥 보통이었다. 코코넛이 들어갔나, 갸우뚱할 정도로 특색이 없었다. 겉만 화려하고 실제로는 평범 그 자체인, 강남의 맛이었다. 하우스푸어 냄새, 카푸어 냄새가 물씬 풍긴다. 여기보다 훨씬 바삭바삭하고 달짝지근한 김치전 하는 데를 안다(합정에 있는 수타서교손칼국수다). 그러고 보니 여기에서 막걸리 말고 특출나게 맛있는 메뉴*가 있었나? 딱히 마음에 드는 안줏거리가 없음에도 불구하고 혼자 용기낼 만한 막걸리를 판다.

리코타막걸리

처음 리코타막걸리를 만난 날은 맑았지만 비가 온 것만큼 흠뻑 젖은 날이었다. 맛있다고 호들갑을 떨며 시끄럽게 마신 뒤, 집에 돌아와 침착하게 리코타

*메뉴를 다 먹어보고 간신히 찾아냈다. 트러플오일파스타가 매우 맛있다.

치즈를 주문했다. 대용량이 확실히 싸다. 양이 많아 상할까 걱정되어 매일 리코타막걸리를 몇 잔씩 말아 들이켰다. 열흘 내내 고주망태가 돼서 잠이 들었다. 아무리 맛있다 하더라도 이러다 금방 죽겠다 싶어 다음부터는 침착하게 소포장으로 주문했다. 작은 건 훨씬 비싸지만 상해서 버릴 염려가 없으니 여유롭게 마실 수 있다. 이제는 조금씩 주문해서 천천히 만들고, 일단 완성되면 못 참고 급하게 들이켠다. 너무 맛있다.

레시피는 간단하다. 먼저 리코타 치즈를 주문했다. 생크림과 우유를 끓이고 소금과 레몬즙을 넣어서 만들 수도 있지만, 그냥 주문했다. 내 최애 막걸리인 장수막걸리, 이대로 가다간 나보다 장수할 막걸리와 섞는다. 처음 지인을 초대해서 먹였더니 다들 싱겁다고 난리다. 나는 괜찮은데 다들 입맛이 까다롭다. 다시는 이 사람들 초대 안 한다. 다른 친구를 불렀을 때는 올리고당을 첨가했다. 운 좋은 사람들은 좋다고 벌컥벌컥 들이켰다.

집에서 종종 만들어 먹지만, 그래도 만족이 안 된다. 리코타막걸리는 확실히 사먹는 게 맛있다. 대신 안주가 아쉽다. 확실히 내가 만든 게 맛있다. 나는 파전을 잘한다. 부침가루와 튀김가루를 먼저 섞은 다음 파, 양파, 당근을 송송 썰어넣고 지진다. 오징어나 새우를 넣어도 좋다. 뒤집개는 번거롭다. 손목의 스냅으로 가볍게 던지고 뒤집는다. 던지는 맛으로 전을 부친다. 역시 비가 올 때는 파전에 막걸리다.

베러댄비프
처음 들어가면 1층의 이상한 의자에 놀란다. 안내를 받아 지하로 내려가면 고풍스런 분위기에
두 번 놀란다. 리코타막걸리에 세 번 놀라고, 마지막으로 안주 맛이 너무 평범해서 네 번 놀라고 만다.

자발적인
짜장
고문

여자친구네 집에서 TV를 보다 「현지에서 먹힐까? 중국 편」을 보았다. 아주 우연히 보았다. 집에 TV도 없다. 이연복 요리사가 유명하다는 건 알았지만, 먹방이나 쿡방을 찾아보지 않는 터라 이렇게 빠져버릴 줄은 몰랐다. 칠리새우와 크림새우 파는 편을 보다가 만드는 과정도, 중국 사람들의 반응도 흥미로워 나머지 편을 찾아보기 시작했다. 1편부터 쭈욱 봤다. 퇴근하고 밥도 다 먹고 쉬면서 자기 전에 보는데, 짜장면 만드는 과정을 한두 시간 보는 게 여간 힘든 일이 아니다. 앞으로 다른 요리 프로그램은 못 보겠다.

웍을 달궈서 파와 생강, 양파를 넣고 살짝 볶다가 돼지고기를 넣고 간장과 기름을 둘러서 웍질을 시작한다. 온도도 뜨거워졌고 기름도 충분하니 웍을 흔들면 바로 불쇼다. 살짝 익혔으면 양파와 호박을 대량으로 넣는다. 이제 묵직한 웍을 온 힘을 다해 흔들며 볶는 시간이다. 작은 새우와 오징어 다진 것을 넣기도 한다. 이제 재료는 다 들어갔으니 중국된장과 치킨스톡, 굴소스를 뿌린다. 주인공인 춘장 덩어리를 뭉텅이로 넣고 섞으면서 달달 볶는다. 그리고 전분으로 농도를 맞춰주면 끝이다. 면을 삶아서 그릇에 담고 방금 요리한 짜장면 소스를 올리면 바로 내간다.

이미 잘 시간은 지났고 잠은 오는데 재미는 있고 짜장면은 화면에만 있고, 나도 모르게 냉장고를 뒤져서 과일을 먹기 시작한다. 사과도 먹고 키위도 먹고 포도도 먹는다. 과일을 먹었다고 해서 짜장면의 잔

상이 사라지는 것은 아니다. 자꾸 춘장과 볶은 양파의 향이 어디선가 날아들어오는 것 같다. 나름 부담되지 않는 과일이라고 꺼내 먹은 거지만, 아침에 일어나면 속이 더부룩하다.

그렇게 일주일을 봤다. 자기 전 한두 시간씩 자발적인 짜장면 고문을 당한 기분이다. 내가 클릭해서 본 거니 누굴 욕하기도 애매하다. 냉장고에 식재료가 가득 차서 먹지 않으면 버려야 하니 어쩔 수 없이 요리해 먹었다. 청국장도 해먹고 순두부찌개도 해먹었다. 다 내가 좋아하는 요리지만, 그래서 맛있게 먹은 건 사실이지만, 여전히 춘장과 볶은 양파의 향이 어디선가 날아들어오는 듯하다.

이제 주말이고 더 이상은 못 참겠다. 집 앞에 백종원의 짜장면 가게가 있어서 달려갔다. 평상시와 달리 이연복이 짜장 볶는 과정을 떠올리면서 먹었다. 왠지 채소 하나하나가 더 특별하게 느껴진다.

「현지에서 먹힐까? 중국 편」에서는 중국인들이 맛있다고 감탄하며 감동받는 리액션이 많이 나온다. 역시 한국 짜장면이 최고야, 하면서 국뽕에 젖기도 하지만, 한편으론 예전 생각이 많이 났다.

내가 중국에서 짜장면을 팔 때도* 분명 이런 맛이었다. 그때 중국 사람들은 까맣다고 별로 좋아하지 않았는데, TV 화면의 사람들은 왜 이렇게 좋아할까. 아마 가장 큰 차이는 이연복이었을 거다. 중화요리를 40년 해온 대가의 요리였으니까. 게다가 주문이 들어오면 바로 볶았기 때문에 사실상 짜장이 아니라 간짜장이었다.

*내가 중국에서 짜장면만 판 것은 아니다. 당시 중국은 「별에서 온 그대」가 핫했다. 전지현이 치맥을 먹자 온 중국에 치맥 열풍이 분 것처럼 언론에서 떠들어댔다. 이때다, 하고 치킨을 튀겼지만 이때가 아니었다. 관심을 갖는 사람은 극소수였다.

짜장과 간짜장의 차이

짜장과 간짜장은 비슷하다고 할 수도 있고 완전히 다르다고 할 수도 있다. 가게마다 차이가 있다. 일반적인 형태로 말한다면, 이연복이 방송에서 하는 것처럼 웍으로 열심히 볶아서 나가면 그건 간짜장이다. 그런데 매번 이렇게 만들어서 나가는 건 어려우니 오전에 왕창 만들어놓고 보온이 유지되는 기계에 보관한다. 주문이 들어오면 푸욱 퍼서 면 위에 올린다. 이게 짜장이다. 이 경우 아무리 맛있게 볶았다 하더라도 시간이 지나면 양파와 호박에서 물이 나와 흥건해진다. 탱글탱글한 간짜장과 비교해서 물짜장이라 부른다. 어차피 물이 나올 테니 처음 짜장을 만들 때부터 물을 넣고 볶는 경우도 많다. 사실상 볶는 게 아니라 끓이는 게 된다. 처음부터 물짜장이 되는 것이다.

백종원의 짜장면을 먹으며 생각했다. 짜장면이 먹고 싶어서 안달이 난 건 내 욕망인가, 이연복이 만들어낸 욕망인가. 이 의문을 해결해준 건 백종원이었다. 이때다, 하고 백종원이 이끄는 기업이 달려들었다. 짜장면을 욕망하게 하고, 그 욕망을 해결해준다. 자본이 만들어낸 욕망을 자본이 직접 처리한 셈이다. 신자유주의의 결자해지 구조는 빠져나갈 방법이 없다. 이 철저함에 그만 감탄해버리고 말았다.

홍콩반점0410
백종원의 짜장면 프랜차이즈다. 어마어마한 전문가 없이 본사의 메뉴얼대로 만든 짜장면이지만, 맛있다. 가격은 4,500원. 동네 짜장면집 보다 맛있고 저렴하다. 역시 백종원은 가차 없다.

이때다,
하고 치킨을 튀겼지만,
이때가 아니었다.

보여주고
싶었어요

오랜만에 그에게 연락이 왔다. 독서 모임에서 매주 만난 게 벌써 2년 전이다. 예의 바르면서 신념은 확고한 그의 모습이 떠올랐다. 어떻게 살고 있는지 궁금하던 차였다.

사당에 가면 항상 가던 식당이 있다. 정확히 말하면 이 식당에 가고 싶어서 사당에 갔다. 독서 모임을 사당에서 열고, 친구와 약속을 사당에서 잡았다. 마지막으로 간 게 이미 두 달 전이다. 예의 바른 제육볶음과 신념이 확고한 청국장 맛은 그대로인지 궁금하던 차였다.

무슨 일일까. 이렇듯 오랜만에 연락해 온 거라면 분명 청첩장일 거라고 확신했다. 요즘 주변에서 결혼이 유행이다. 그래서 나도 청첩장을 챙겨 왔다. 익숙하게 청국장과 제육볶음 그리고 막걸리를 주문했다.

막걸리 괜찮죠?

괜찮지 않아도 어쩔 수 없다. 나는 여기에 청국장과 제육볶음 그리고 막걸리를 마시러 온 거니까. 혼자라도 마실 예정이었다.

막걸리를 한 잔 들이켜자마자 내밀었다. 제 청첩장이에요. 결혼 소식을 들은 그는 축하한다는 말과 함께 책을 건넸다. 그가 보여주고 싶어 한 것은 청첩장이 아니라 책이었다. 책은 작고 심플했다.

생각지 못한 선물에 당황했다. 책이라니. 생각해보니 원래 책을 좋아하는 사람이었고 소설도 썼다. 몇 년 전 소설집 「줄거리 없는 이야기」를 만드는데, 그가 단편소설 하나를 썼다. 인쇄를 얼마 안 해서 순식간에 다 팔렸다. 지금은 품절이다. 나름 실험적으로 꾸몄다. 책 앞면에는 제목만 적고 뒷면에는 그림만 넣었다.

그가 건넨 책은 독립출판답게 매우 특이했다. 일단 앞표지에 있어야 할 제목이 없다. 대신 의미심장한 대화가 자리를 차지했다. 전체 분위기와 무거운 주제의식이 단번에 예감되는 문구다.

왠지
이태원댄싱머신님에게는 보여주고 싶었어요.

아, 고마워요. 왠지 책을 썼을 것 같다고 생각했어요. 역시 지난번 소설집 이후에도 계속 소설을 써왔군요. 대단해요.

저도 왠지
여기 청국장과 제육볶음을 보여주고 싶었어요.

청국장이 먼저 나왔다. 한술 뜨기도 전에 고소한 향이 기대감을 북돋는다. 들뜬 마음을 가라앉히고 한술 떴다. 약간 달콤한 청국장이다. 양파를 많이 넣으면 달아지는데 설탕을 넣은 걸 수도 있다. 막걸리는 장수막걸리다. 식당에 있는 게 이거 하나여서 선택권은 없다. 그래도 좋다. 달착지근하고 탄산 가득한 이 맛을 좋아한다. 제육볶음이 나왔다. 처음 여기에서 제육볶음 먹은 날을 잊을 수 없다. 한 젓가락 훅 집어서 입에 넣은 순간, 하늘로 붕 떠서 달에 착륙하는 느낌이었다. 그런데 오늘은 도킹 실패. 고기가 별로였다. 딱딱한 부분도 있고 커다란 지방 덩어리도 종종 보였다. 그래도 달고 맛있다. 나는 그냥 단걸 좋아하는 듯하다.

직접 인디자인으로 책을 편집해서 인쇄소에 맡겼다고 한다. 출판사를 만들어서 발급받은 ISBN도 적혀 있다. 독립출판을 시작하는 일반적인 수순이 있는데, 이를 그대로 따른 듯했다. 딱 10부만 뽑았다고 하는 그에게서 갓 지은 책에 대한 애정이 느껴졌다. 나도 사람들 글을 모아서 책을 만들지만, 온전히 내 글로만 책을 채워본 경험은 없다. 언젠가 하고 싶다고, 막연한 꿈만 꾸고 있다(그게 이 책이다). 이걸 해낸 그가 대견하다는 생각도 들고 부럽기도 했다(이제 안 부럽다).

그와 헤어지고 돌아오는 지하철에서 절반을 읽어버렸다. 막걸리처럼 술술 넘어갔다.

너무 재미있네요. 다음에 만나서 의견 들려줄게요. 바로 문자를 보냈다. 의견 들려주는 핑계로 또 사당에서 만나고 청국장, 제육볶음에 막걸리를 마실 생각을 하니 설렌다.

보성식당

어느 날 갑자기 사람이 많아져서 놀랐다. 알고 보니 〈수요미식회〉에 나왔단다. 여기 꼬막도 맛있다.

내가
우유고자라니

스타벅스를 원래 좋아하지만 가끔 지겨워서 다른 곳을 가려다가도 발길을 돌리는 건, 두유 때문이다. 우유를 못 마시면 스타벅스는 두유로 바꿀 수 있다.

나는 젖당을 소화하지 못한다. 우유를 먹으면 바로 화장실에 가는 순발력에 비해 이해도는 매우 느렸다. 어린 시절 콘푸로스트*를 좋아해서 자주 먹었다. 그만큼 자주 화장실에 갔는데, 그게 우유 때문인 줄 안 건 스물한 살 때였다. 스물하나. 모유 먹은 시기를 제외하면, 사실상 스무 해나 우유를 잠시 머금고 있다 화장실로 옮겨왔던 셈이다.

스무 해째 화장실을 다녀오는데 지인이 물었다. 배아파? 응. 우유를 먹어서 그런가 배가 아프네. 일단 입으로 뱉고 뒤이어 이해했다. 그렇군… 나는 우유 먹으면 화장실에 가는군…. 나중에 알고 보니 우유를 소화하지 못하는 사람이 꽤 많았다.

다수의 목소리는 쩌렁쩌렁 울린다. 소수의 목소리는 거의 안 들린다. 어쩌면 열 명 중 하나는 게이일 거고, 어쩌면 스무 명 중 하나는 왼손잡이일 거고, 어쩌면 일곱 명 중 하나는 우유를 못 마실 거다. 그런데 왜 카페는 우유만 팔까. 분명 이상한데 사람들은 전혀 인지하지 못한다. 스무 해 동안 화장실을 다닌 나처럼.

누구나 소외당하는 걸 두려워한다. 누가 무슨 이야기를 하는지 귀를 기울인다. 지배적인 의견과 묵살당하는 의견을 본능적으로 판단한다. 내가 주류다

*우유에 타먹는 시리얼. 호랑이 기운이 솟아나면 콘푸로스트, 사자가 엄지척하면 콘푸라이트다.

싶으면 목소리에 힘을 준다. 외롭다 싶으면 숨는다. 용기를 낸다 하더라도 속삭이는 정도다. 작은 소리는 익숙해진다. 그러면 어느 순간 속삭이던 사람이 있었다는 사실 자체를 잊고 만다.

우유를 두유로 바꿔주는 카페가 정말 없을까. 혹시 나만 모르는 건 아닐까? 궁금해서 찾아보았다. 생각보다 두유를 제공하는 카페가 많았다. 투썸플레이스와 커피빈 그리고 폴바셋의 일부 매장은 두유로 바꿀 수 있다. 내일부터 두유로 바꿔주는 다른 카페에 가봐야겠다.

두유 운동

동시에 두유 판매를 촉구하는 운동도 시작하려고 한다. 나 같은 우유고자*가 한둘은 아닐 거라 믿는다.

*우유고자 : 정확한 용어는 lactose intolerance, 젖당불내증이다. 소장에서 락타아제lactase가 젖당lactose을 분해해야 하는데, 락타아제가 부족해서 젖당을 충분히 소화하지 못한다. 한국인의 절반 이상이 크고작게 젖당불내증(우유불내증)을 겪고 있다고 한다.

모임도 만들어야겠다. 이름은 '두유를 좋아하는 사람들의 모임'(줄여서 '두좋모') 혹은 '너도 두유를 좋아하게 될 거야'(줄여서 '너두좋될')로 생각하고 있다. 뭐든 좋다. 우유고자들이 안심하고 카페를 이용할 수 있는 미래 사회를 향한 긴 여정을 시작한다.

모임의 주된 활동은 우유에 대한 비방과 팩트체크가 될 것이다.

우유

우유는 알레르기를 유발한다. 아토피도 비염도 우유에서 유발될 수 있다. 비만과 소아 당뇨의 주범이기도 하다.

무엇보다 젖소 착취라는 비윤리적인 생산 방식이 가장 큰 문제다. 우유는 강제 임신과 출산을 반복하며 생산된다. 아무래도 콩이나 임차인을 착취하는 게 마음이 덜 불편하다.

여긴
분명
맛집이야

〈알쓸신잡〉*을 보면 유시민은 맛집을 잘 찾는다. 검증된 곳이라며 맛 칼럼니스트 황교익이 식당을 소개해도 그는 자신의 감을 믿고 스스로 맛집을 찾는다. 오래되어 낡았지만 비교적 깨끗한 간판. 주차장이 넓은 교외의 식당. 그가 맛집을 찾는 기준 중 하나다.

이사하고 여자친구와 동네 산책을 했다. 좋게 말하면 정겹고 솔직히 말하면 낙후된 동네다. 두리번거

*알쓸신잡 : 맛집 찾아다니며 수다 떠는 예능 프로그램. 한때 입으로 때리고 입으로 걷어차는 데 천부적인 재능을 보이던 희대의 싸움꾼 유시민은 요즘 예능 프로그램에 나와서 먹고 수다 떠는 데만 입을 사용하고 있다.

리면서 작은 가게들을 탐색했다. 얼마 안 가 반가운 간판이 눈에 들어왔다. 반.찬.가.게. 마침 집밥에 맛을 들인 터라 문을 박차고 들어갔다. 그런데 반찬 가게라고 하기엔 분위기가 어색했다. 약간은 식당 같고 또 약간은 가정집 같은 곳이었다. 평상도 있고 테이블도 있고 의자도 있는데 반찬은 없었다. 반찬 없냐고 묻자 냉장고에서 오이소박이와 장조림을 주섬주섬 꺼낸다. 이게 다인가 물으니 김치도 판단다. 도저히 반찬 가게로 보이지 않는 곳이지만 그래도 반찬은 필요해서 오이소박이와 장조림을 조금씩 샀다. 카드 결제기가 있었으나 아주머니가 결제하는 방법을 모르셔서 내가 카드 꽂고 금액 입력하여 직접 결제했다.

찝찝한 기분으로 반찬을 받아서 나왔다. 과연 맛이 있을까. 아니, 그보다 여기는 반찬 가게가 맞는 것일까, 의구심이 들었다.

긍정적인 여자친구는 낙관적인 가설을 세웠다. 저런

곳인데도 아직 안 망했잖아. 분명 맛이 있겠지. 동네 사람들이 와서 김치 주문하는 곳 같아. 우리 엄마도 김치 주문하는 곳이 있거든. 거기 엄청 맛있어.

듣고 보니 일리는 있었다. 과연 맛이 있을지 없을지 고심하며 걸었더니 어느새 집에 도착했다. 의심 반 기대 반으로 저녁을 차렸다. 조심스럽게 맛을 봤다. 역시, 여자친구의 예상은 적중했다. 찌개도 끓이고 소시지도 볶았는데 손은 자꾸 오이소박이를 향한다. 김치찌개에는 막걸리 아니면 고량주인데, 향긋한 오이 향을 참지 못하고 와인을 땄다. 여기 오이소박이가 와인도둑이다. 앞으로는 김치도 여기서 주문해야겠다.

맛집의 기준. 이렇게 생겼는데 망하지 않았다, 하는 곳이라면 맛집일 수 있다.

「나의 아름다운 책방」을 엮은 로널드 라이스는 서점에서 마케팅 담당이다. 그는 책에서 주치의, 단골 미

용사 그리고 믿을 만한 서점이 꼭 필요하다고 말한다.

주치의는 필요 없지만, 서점도 잘 모르겠지만, 믿음직한 반찬 가게는 하나 있어야 한다. 밥은 밥솥이 한다. 이거면 세상 문제 반은 해결이다.

정담은반찬가게
오이소박이는 시작일 뿐이었다. 파김치, 묵무침, 무생채는 기가 막힌다. 여길 알고 나서 삶의 질이 달라졌다.

우리집은
장례식장이
되었다

비만 오면 차단기가 내려간다. 오래된 건물이라 그런가 싶다. 두꺼비집을 열어서 스위치를 올리면 1~2분 뒤 다시 내려간다. 올리면 다시 내려가고, 올리면 다시 내려가는 무의미한 행동을 반복하며 분노를 차곡차곡 쌓는다. 시시포스의 심정이 이럴까. 끙끙대며 산 위로 돌을 밀어올리고 바닥으로 굴러떨어지는 돌을 내려다본다.

아차

냄새가 심상치 않다. 일주일간의 부산 출장을 마치

고 들어오는 길인데, 문을 열고 들어오자마자 냄새가 났다. 일단 불이 안 켜지니 두꺼비집부터 봤지만, 지금 두꺼비집이 문제가 아니다. 차단기에 버튼이 3개가 있는데 하나둘 테스트를 해보니 가운데가 문제였다. 가운데 버튼을 올리면 전체가 다 내려가 버린다. 결국 가운데 버튼만 놔두고 나머지 버튼 2개만 올렸다.

가운데 버튼은 컴퓨터와 냉장고를 가동하는 버튼인데, 이게 가장 중요하다. 그 외에는 전기가 딱히 필요 없다. 일주일 만에 냉장고를 열어보려고 하는데, 두근두근… 과연 상태가 어느 정도일까. 비가 와서 차단기가 내려가고 냉장고가 꺼진 건 확실하다. 관건은 차단기가 오늘 내려갔느냐, 일주일 전에 내려갔느냐다. 요즘 장마라서 일주일 넘게 비가 쏟아지고 있다. 일주일 전에는 부산에 그리고 오늘은 대전에 물난리가 났다고 한다.

문을 열었다.

음… 비위가 약한 독자를 위해 냉동실 상태를 노골적으로 언급하지는 않겠다. 대신 출장 떠나기 전의 산뜻하고 든든한 냉동실 상황을 설명하겠다.

일단 닭. 나는 위가 작다. 다른 사람들처럼 1인1닭, 이런 건 엄두도 못 낸다. 한 마리를 서너 번에 나눠 먹는다. 삼계탕을 끓여도 절반 이상이 남는다. 남은 살을 잘게 발라서 지퍼백에 넣어놨다. 떡볶이에 넣고, 카레에 넣고, 쌀국수나 라면에도 넣을 수 있어서 아주 유용하다. 생각만 해도 든든하다.

다음은 삼겹살. 누구는 고기 먹을 때 밥은 삼간다고 하는데, 나는 비율을 고려해서 먹는다. 삼겹살을 구우면 배추와 고추와 밥과 쌈장을 함께 먹기 때문에 혼자서는 한 번에 한 줄 이상 먹기 어렵다. 그렇다고 삼겹살을 한 줄만 사기는 민망하다. 세 줄 정도 사서 한 줄은 바로 구워먹고 나머지는 지퍼백에 넣어놓는다. 마늘과 쌈장을 함께 먹는 게 핵심이다. 고기나 상추나 오이는 어차피 쌈장과 마늘을 도울

뿐이라 그리 중요하지 않다. 초고추장이 먹고 싶으면 회를 주문하는 것과 비슷한 개념이다. 암튼 삼겹살이 조금 있으면 쌈장과 마늘을 맛있게 먹을 수 있어 든든한 느낌이다.

대패삼겹살도 있었다. 이마트에서 냉동 대패삼겹살을 파는데 1킬로그램에 만 원밖에 안 한다. 라면 끓일 때 한 덩이씩 집어넣으면 국물 맛이 달라진다. 소금을 넣어도 맛있다. 소금을 안 넣어도 맛있다. 황희 정승처럼 공명정대한 내 혀도 대패삼겹살을 넣으면 확실히 달라진 걸 느낄 수 있다. 구워먹는 목적이 아니라 국물 맛을 위해 조금 넣는 거라서 꽤 오래 쓴다. 이거 하나 사면 몇 달은 든든하다.

갑오징어도 있었다. 어느 날 이마트에서 수박을 사고 어슬렁어슬렁 구경하며 산책하다(이마트가 산책하기에 좋다) 하얗고 예쁜 갑오징어를 발견했다. 원래 오징어는 흙색이고 흐물흐물해서 귀엽기는커녕 약간 징그러운 편이다. 하지만 갑오징어는 깔

끔하고 산뜻한 흰색인 데다 모양도 앙증맞아서 인형 뽑기 하듯이 모으지 않을 수 없었다. 어떻게 먹어요? 물어보니 살짝 데쳐먹으면 된단다. 홀린 듯이 계산을 하고 데쳐먹었는데… 쫄깃쫄깃 완전 맛있다. 뭘 넣지도 않고 그냥 끓는 물에 데치니까 사랑스럽고 귀여운 오징어가 되었다. 세 마리 사서 한 마리는 데쳐먹고, 한 마리는 순두부찌개를 만들어 먹었다. 나머지 한 마리는 아직 냉동실 한편을 차지한 채 깜찍한 자태를 뽐내고 있었다. 생각하면 흐뭇하고 예쁘고 든든하다.

현미떡을 빼놓을 순 없다. 업무차 홍제동에 갈 일이 있었다. 걷다가 우연히 발견한 떡집에서 처음 보는 떡을 팔고 있었다. 분명 모양은 떡볶이떡인데 색깔이 연한 회색이었다. 물어보니 현미로 만든 거란다. 세 팩 사서 한 팩은 냉동실에 바로 넣었다. 다른 한 팩은 그냥 먹고 나머지는 떡볶이를 해먹었다. 쫄깃한 떡볶이떡을 좋아하는 사람이 있을 거고, 푹 퍼져서 부들부들한 떡볶이떡을 좋아하는 사람이 있을 거다. 나는 후자다. 보통 떡볶이는 오래 끓여서 떡을 흐물흐물하게 만든다. 그런데 현미떡은 그 자체로 부들부들하다. 이미 완전한 상태로 태어난 떡이다. 태생이 남다른 현미떡도 냉동실 한자리를 견고하게 차지하고 있었다. 고추장이랑 설탕, 간장만 있으면 언제든 보들보들하고 달달한 떡볶이가 되는 거다. 갑자기 여자친구가 쳐들어와도 걱정이 없을 만큼 든든한 녀석이었다.

각종 채소도 적당히 있었다. 양파, 무, 당근, 마늘, 파, 버섯, 감자 등등. 미리 잘게 잘라서 언제든 국에 넣을 수 있도록 준비해놓았다. 된장찌개를 끓여도 던져넣고, 김치찌개를 끓여도 조금 넣고, 카레에도 넣고… 국물이 준비되면 어디에든 넣을 수 있는 만능 채소였다. 신라면 봉투를 뜯어도 우리 집에서 끓이면 그냥 신라면이 아니었다. 대패삼겹살이 있고 각종 채소가 있기 때문에 훨씬 먹음직스러운 라면이 탄생했다.

빵. 잊을 뻔했다. 나는 프렌치토스트에 자신 있는 편이다. 달걀과 두유를 거품기로 충분히 섞은 다음 조금 과하다 싶을 정도로 많은 양을 빵에 적신다. 빵은 달걀물에 젖어서 축 처진 상태다. 그걸 프라이팬에 기름 두르고 굽는다. 아주 약한 불에 서서히 구우면 진짜 프렌치토스트가 된다. 가짜 아니고 진짜, 프렌치, 토스트. 달걀과 두유는 항상 집에 있으니, 이 녀석만 있으면 프랑스에 갈 필요가 없는 것이다. 웬만한 항공권보다 든든하다. 프렌치토스트를 만들기 위해 제과점에서 약간 두껍게 썰어 왔다.

이 친구들이… 이 모든 친구들이… 아….

적당한 비유를 생각해보겠다. 음… 그러니까 냉동실은 장례식장이 된 셈이다. 나는 사망진단서를 발급하고 수시하고 안치한 뒤 빈소를 골라서 염습하고 입관, 발인에 이어 운구까지 착착 진행했다.

마음의 상처가 너무 깊어서 한동안 다른 친구는 못 사귈 것 같다.

이제 컴퓨터가 문제다. 토요일은 포항에서, 일요일은 서울에서 독서 모임을 진행했는데 이제 후기를 써야 한다. 온라인 우쭈쭈 글쓰기 모임을 마무리해야 하고, 온라인 우쭈쭈 필사 모임을 준비해야 한다. 일기도 써야 하고, 해야 할 일이 한둘이 아닌데 전기가 안 들어오다니. 와이파이가 없을뿐더러 노트북 전원도 얼마나 갈지 모른다. 여전히 차단기는 올리면 내려가고, 다시 올리면 내려가는 시시포스 상태다.

누웠다. 내려간 차단기처럼 벌러덩 누웠다. 겨우 전기가 없다고 사람이 이렇게까지 무력해지다니. 새삼 놀랍다. 핸드폰도 충전하지 못한다. 블루투스 키보드의 남은 전력, 핸드폰의 남은 전력이 내 남은 수명처럼 느껴진다.

여자친구가 있었다면 바로 전선을 잇고 붙이며 뚝딱뚝딱 해결했을 텐데…. 맞다, 하고 일어나서 바로 전화했다. 조금 울먹거리며 사정을 설명했더니 해답이 나온다. 전기가 들어오는 콘센트를 먼저 찾고, 멀티탭을 이용해서 전기를 끌어오라는 거였다. 두꺼비집에서 버튼 2개는 이상 없이 올라갔다. 하나는 전등이다. 그렇다면 다른 하나에 해당하는 콘센트가 있을 것이다. 하나하나 확인해보니 컴퓨터 반대편 벽에 있는 콘센트에 전기가 흘렀다. 핸드폰 충전기를 꽂으니 충전이 되는 것이다. 지시대로 3미터 멀티탭을 하나 사서 연결했다. 방의 좌우를 가로지르는 전선이 하나 생겼고, 컴퓨터는 켜졌다. 핸드폰도 키보드도 충전되기 시작했다. 방전될까 두려워 건들지도 못했던 블루투스 키보드를 켜서 일기를 썼다(지금 이 글이다). 마음이 놓인다.

이제 냄새만 좀 사라지면 된다. 시간이 해결해주겠지….

고수를 맛있게 먹는 방법

나는 고수를 잘 먹는다. 당연히 처음부터 잘 먹은 건 아니고 지난한 훈련의 결과다.

한창 패기 넘치던 시절, 중국에서 식당을 했다. 새벽 시장에 나가 장을 봐 오면 중국인 주방장이 한국 음식을 만들어 팔았다. 드라마 「별에서 온 그대」와 아이돌 그룹 빅뱅이 한창 인기였고, 치맥이 중국에서 인기라는 뉴스가 나왔지만, 나는 여전히 패기 넘쳤고 식당에는 손님이 없었다.

지루한 하루 영업을 마무리하면(매출이 너무 적어서) 쓰린 속을 부여잡고 근처 포장마차로 갔다. 중국은 포장마차에서 싸오카오라는 꼬치를 파는데, 중독성이 아주 강하다. 한국에서 먹는 양꼬치 맛을 생각하면 된다. 꼬치를 구울 때 얼마나 어마어마한 연기가 올라오는지 불이 난 게 아닐까 걱정할 정도다. 뭉게뭉게 피어오르는 연기 속에서 버섯도 먹고 두부도 먹고 내가 좋아하는 채소와 고기를 골라 먹는데, 항상 고수도 집었다. 맛없다고 하면서도 끈질기게 매일 먹었다. 패기가 넘쳤다. 밤늦게까지 부어라 마셔라 밤거리를 연기로 뒤덮으며 고수를 냠냠쩝쩝 먹고 잠이 들면, 아침엔 다시 (이번엔 다른 이유로) 쓰린 속을 부여잡고 출근하는 식이었다. 식당은 여전히 한산했고, 나는 패기와 쓰린 속으로 버텼다. 고수도 매일 먹었다. 자금과 패기는 몇 년 안 가 결국 바닥을 보였다. 처음 맛본 바닥은 꽤 썼다. 바닥에서 먹는 고수는 먹을 만했다. 얼마 후 나는 한국으로 돌아왔다.

그사이 한국의 식문화가 조금 달라졌다. 당연하다는 듯이 쌀국수에 고수를 넣어 먹는다. 이제는 해외여행이 흔해져서다. 고수를 못 먹으면 이국적인 분위기에 적응하지 못하는 느낌, 심지어 약간 촌스럽다는 시선을 받기도 한다. 청국장도 홍어도 잘 먹는데 겨우 고수 하나 못 먹는다고 입이 짧은 걸로 오해받거나, 해외에서 학창 시절을 보냈는데 겨우 고수 하나 못 먹는다고 여권이 없는 걸로 오해받을 수 있다.

해외에 다녀오면 조금씩 달라진다. 삶을 되돌아보고 자신과 대면하며 인생의 목적을 재설정하는 거창한 무언가가 있을 수도 있지만, 보통은 취향이 변한다. 돌다리도 두들겨보고 조심조심 건너던 사람이 돌다리에서 번지점프를 한다. 옆 사람이 고수를 넣어 먹으면 비누 냄새 난다고 자리를 피하던 사람이 잠자코 손을 씻는다.

해외여행 몇 번 다녀왔다고, 바로 고수를 먹을 수 있는 건 아니다. 더 이상 싫어하지 않는 것만 해도

대단하다. 자연스럽게 먹으려면 식당을 몇 년 해야 한다.

고수
동남아시아나 중국을 여행하면 그 나라 언어로 "화장실이 어디예요?"와 함께 "고수는 빼주세요"를 외워야 하는 시절이 있었다.
한국 : 고수는 빼주세요
중국 : 부야오 시앙차이
타이 : 마이 싸이 팍치
베트남 : 꼼쪼 라우 텀
캄보디아 : 쏨 꼼딱찌
라오스 : 버 싸이 팍치
홍콩 : 짜우임싸이
미얀마 : 민주주의를 응원합니다.

사장의
고집스러움이
성공을
만든다

어제 쌀국수를 먹었다. 쌀국수를 워낙 좋아해서 자주 먹는다. 통칭해서 쌀국수라 부르지만 한국식 쌀국수, 베트남식 쌀국수, 타이식 쌀국수, 라오스식 쌀국수 등 종류가 다양하다.

가장 자주 먹는 건 한국식 쌀국수다. 정식 명칭은 아니지만 편의상 그렇게 부른다. 김가루를 올려서 김치와 함께 먹는 쌀국수다. 왜 그런지 모르겠지만 김치와 쌀국수는 정말 잘 어울린다. 한국식 쌀국수는 이국적인 쌀국수에 비해 가격도 저렴하다. 4,000원 정도면 먹는다. 미국식 스시가 캘리포니아롤이 되고 한국식 작장면이 짜장면이 된 것처럼, 김가루를 뿌려서 김치와 먹는 쌀국수도 언젠가 새로운 분류 체계를 만들지 않을까 기대해본다.

다음으로 자주 먹는 건 매운 쌀국수다. 이건 복불복이다. 가게마다 맛이 다르기 때문이다. 어디는 해물로 맛을 내고, 어디는 베트남 고추를 사용하고, 어디는 스리랏차 소스를 넣는다. 쌀국숫집에 가면 일단 매운 쌀국수부터 먹어보는 편이다. 수십 번의 실패를 거쳐서 매운 쌀국수를 맛있게 하는 곳을 찾았고, 회사 근처라 가끔 가서 먹는다.

더 이상 먹고 싶지 않은 쌀국수도 있다. 군대에서 배급받은 쌀국수다(브랜드는 기억 나지 않는다). 가끔 라면이 당기면 끓여먹곤 했는데, 면발도 잘 익지 않고 수프 맛도 별로였다. 국내에서 생산되는 쌀을 소비하기 위해 정부에서 쌀국수를 나눠주나보다, 하고 먹었는데 원산지를 보니 쌀은 미국산이었다. 장병들은 소극적으로 거부했지만, 정부는 일관성 있게 쌀국수를 나눠주었다.

어제 먹은 쌀국수도 일관성 있는 쌀국수였다. 세 번 가서 먹었고, 먹을 때마다 양이 일정하다. 소금의 양도 일정하고 고기의 양도 일정하다. 쌀국수는 국물이 중요한데, 여기 국물은 먹지 않는다. 소태*다. 고기는 지나칠 정도로 많다. 고기를 좋아한다면 거부할 이유가 없다. 나는 고기도 국수도 남겼다. 항상 남기면서 세 번이나 간 나도 참 일관성 있다.

소금의 양도, 고기의 양도 줄이고 가격도 조금 낮추면 어떨까 싶다. 하지만 매번 일정한 양을 유지하는 걸 보면 사장의 고집이 반영된 게 아닌가 싶다. 소금과 고기에 대한 애착이다. 내 여자친구랑 똑같다.

*소태 : 소태나무의 줄임말이다. 소태나무의 껍질은 아주 쓰다. 사전에는 쓴 맛을 의미한다고 나와 있지만, 실제로는 그렇게 사용하지 않는다. 일반적으로 짠 음식을 먹었을 때 소태라고 말한다.

고집은 다양한 평가를 받는다. 찬사를 받기도 하고 욕을 먹기도 한다. 아이폰 이전의 스티브 잡스는 뭘 자꾸 빼고 줄이고 없애길 좋아하는 평범한 성격파탄자였다. 아이폰을 왜 만들어야 하는지, 왜 사야 하는지 설명하지도 못했다. 아이폰이 없는 시대에는 아이폰을 묘사할 수 없다. 그냥 고집을 부릴 수밖에 없다. 결과물이 세상에 나오고 사람들이 환호성을 지르자 결벽성 취향이 철학으로 포장되었다. 결국 성공하기 전에는 모른다. 평가자는 물론 당사자도 이게 아집인지 취향인지 알 수가 없다.

삼성경제연구소는 참여정부 시절 크게 성장한 민간 연구소다. 주목할 만한 경영 스타일이나 경제 이슈를 다룬다. 「나는 고집한다, 고로 존재한다」를 통해 성공한 기업의 경쟁력이 어디서 나왔는지 설명한

효자동 쌀국수 미
위에서 소개한 가게는 포항시 효자동에 위치한 본점이다. 얼마 전 산책하다 서울에도 진출한 걸 발견했다. 먹어보니 여기도 양이 어마어마하게 많다.

다. 고집스럽게 나름의 경영 철학을 유지하는 게 성공의 비결이라고 한다. 물론 경영 철학은 기업마다 다르니 뭐가 맞는지 알 수 없다. 일단 성공한 뒤에 이래서 성공했다고 그럴듯하게 꾸미면 된다.

효자동 쌀국수도 고집을 부리고 있다. 실패하면 아집으로, 성공하면 철학으로 불릴 거다. 그때까지 나 같은 악플러에게 굴하지 말고 계속 밀고 나가길 바란다. 입맛*이 맞는 사람들은 결국 모인다.

*내가 글을 이렇게 쓰는 것도 고집이고 아집이다. 이렇게 쓰면 안 된다는 충고도 종종 받았다. 그래도 태연하게 버틴다. 눈물 닦고 쓰고 싶은 대로 쓴다. 이게 아닌가 싶어서 고쳤다가도 다시 돌아온다. 입맛 맞는 사람들이 언젠가 읽어주길 바란다.

빈틈

오늘도 스타벅스다. 익숙해서인지 모르겠지만, 다른 커피 전문점과 달리 층고도 높고 탁 트인 투명창에 갑갑하지 않은 느낌이 들어서 좋다.

줄 서는 게 귀찮아서 어플로 주문한다. 오늘도 언제나처럼 따뜻한 그린티라테를 골랐다. 우유는 두유로 바꾸고, 우유거품은 많이 하고, 녹차 가루를 조금 더 넣고, 에스프레소 샷을 추가한다. 항상 이 메뉴를 주문하기 때문에 갑질이 조금만 익숙했다면, 눈을 찡긋하면서 "나는 항상 마시던 걸로!"를 외쳤을지도 모른다. 하지만 타고난 성격이 을이다. 스타벅스 어플이 아니었으면 이렇게 복잡하고 까다로운 주문은 하지 못했을 거다. 과연 언택트*가 편하다.

주문하고 음료가 나오길 기다리노라면 가슴이 두근두근거린다. 항상 같은 걸 시키면서 뭘 긴장하느냐 물을 수 있겠지만, 이름 때문이다. 내 이름이 조금 길다. 이태원댄싱머신이다. 이씨 가문의 장손으로 태어나 힙한 걸 좋아하는 부모님이 지어주셨다. 인생이라는 무대에서 자신만의 춤을 추라는 의미에서 지어주신 이름이다(당연히 아니다).

스타벅스 어플에서도 본명을 그대로 쓸 수 있었다면 좋았겠지만, 아쉽게도 한 글자가 모자란다. 닉

*언택트 : contact(접촉)에 부정어인 un을 억지로 갖다붙였다. 사람을 통하지 않고 어플이나 기계를 이용해서 쇼핑하는 것을 말한다. 점원이 달려들어서 말 걸지 않는 화장품 가게나 옷 가게, 무인 모텔, 음식점의 키오스크 그리고 어플을 이용한 주문까지 포함한다.

네임 글자 수 제한이 있다(신세계, 정말 실망이다). 그래서 등록한 스타벅스 닉네임은 '이태원댄싱머'다. 주문을 하고 기다리면 "이태원댄싱머님, 음료 나왔습니다." 하고 불러준다. 뭔가 아쉬운 느낌을 지울 수 없다. 그러던 어느 날 창의적인 직원분을 만났다. 숨어 있는 한 글자를 찾아내서 "이태원댄싱머신님, 음료 나왔습니다." 하고 불러준 것이다. 취업난 때문에 한껏 높아진 직원 역량이다. 각기춤을 추며 커피를 받으러 갔다. 그게 세심한 직원분의 마음에 대한 보답이라 생각했다. 자주 있는 일은 아니지만, 이제 기대하게 된다. 과연 오늘은 내 이름을 완전하게 불러줄까.

어플의 한계, 데이터의 한계를 사람이 발견하고 재치와 순발력으로 보완한 장면이다. 4차 산업혁명 시대가 눈앞이다. AI가 모든 서비스를 대체한다 하더라도 인간만이 할 수 있는 무언가를 여기서 봤다고 한다면 과장일까(물론 과장이다).

내 빈틈을 발견하고 말없이 채워주는 아말감* 같은 사람. 스타벅스에 있다.

*아말감 : 다양한 종류의 합금이 있는데, 치과에서 충전재로 쓰이는 아말감은 수은과 은, 구리와 아연 그리고 주석의 합금이다. 요즘은 잘 사용하지 않는다. 입 안에 아말감이 있는 사람은 대부분 나이가 있을 거다. 2002년 한일 월드컵이 열렸을 때 거리 응원을 나간 경험을 공유하고 있을 게 분명하다. 그러면 보통 4차 산업혁명을 위기로 인식한다. 치과에 가면 아말감 교체를 권유받는데, 아직까지 아말감을 놔뒀냐고 타박받기도 한다. 우리가 처한 신세를 상징적으로 보여주는 듯하다.

참
꽃 같다

나무는 위기가 찾아오면 꽃을 흐드러지게 피운다. 그래서 평소보다 훨씬 더 많은 꽃을 피우고는, 그 다음 해에 죽는 경우가 많다.

퇴근하고 맥주 한잔 하며 웃는 싱그러운 우리의 모습, 참 꽃 같다.

꾸덕한 쿠키 맛집

설탕은 요즘 혐오의 대상이다. 밥이나 면을 적게 먹고 고기는 많이 먹는, 저탄고지는 이제 트렌드다. 설탕 혐오는 비만 혐오에서 비롯되었다. 근면한 노동자를 육성하는 게 국가 과제인 신자유주의 사회에서 비만은 결격 사유다. 겨우 쿠키 몇 개를 더 먹었다고, 겨우 치킨 몇 조각을 더 먹었다고, 겨우 카페 모카 몇 잔을 더 마셨다고 낙오자가 된다. 사람들의 시선은 낙인처럼 찍히고, 눌린 자리에서는 자기 혐

오가 곰팡이 피듯 피어난다.

비만이 성인병을 유발한다고 하지만, 미국이 비만율 40퍼센트인 걸 생각하면, 한국은 사실 걱정할 게 없다. 한국의 비만율은 겨우 5퍼센트다. 그런 의미에서 오늘은 달달한 걸 좀 섭취해보려고 한다(명분이 필요하다).

언제부터인지 모르겠지만, 쿠키를 좋아한다. 쿠키는 크게 나누면 부드러운 꾸덕 쿠키와 딱딱한 바삭 쿠키로 분류할 수 있다. 내가 좋아하는 건 부드러운 쿠키다. 쿠키는 정해진 레시피대로 따라 하면 초보자도 뚝딱 만들어낼 수 있다. 실온의 버터에 먼저 설탕을 넣고 섞다가 소금간을 한 달걀을 넣는다. 박력분을 체에 쳐서 넣는다. 반죽을 자르듯이 주걱으로 섞는다. 냉장고에서 숙성한 뒤 밀대로 밀고 틀로 찍어 모양을 만든다. 오븐에 구우면 완성이다. 그냥 만드는 건 쉽다. 맛있게 만드는 게 어려운 거지.

처음에는 주로 카페에서 먹었다. 커피만 마시기 심심할 때 같이 먹을 주전부리가 없는지 찾는 거다. 카페라는 무대에서 쿠키는 언제나 조연이었다(커피도 조연). 그러다 점점 쿠키에 맛을 들였다. 오랜 무명의 설움을 깨부수고 주연 자리를 꿰차려면 매력적인 한방이 있어야 한다. 내 입맛에 딱 맞는 쿠키를 찾아 합정, 삼성 등지를 헤맸다. 결국은 파랑새처럼 가까운 곳에서 찾아냈다.

일주일에 두 번 필라테스(궁필라테스)를 하는데, 그 근처에 쿠키 가게(쑥국당)가 있다. 아마 필라테스 했으니까 이제 쿠키 먹어도 되겠지, 하는 사람들이 쑥국당에 오고, 쿠키 먹었으니까 이제 어쩔 수 없이 필라테스를 해야겠군, 하는 사람들이 궁필라테스로 가는 듯하다. 냉전 시대의 남과 북처럼, 적대적 공생 관계라 할 수 있겠다. 둘 다 필요하다. 둘 중 하나라도 없어지면 큰일 난다.

나도 필라테스를 마치고 나면 당당하게 쑥국당으로

간다. 테이블 한두 개 두면 꽉 찰 것 같은 작은 상점에 쿠키를 깔아놓고 그날 만든 거 다 팔면 문 닫는다. 늦게 가면 쿠키가 몇 개 안 남는다. 인기가 좋다. 한번에 여러 개 사놓고 며칠 동안 천천히 먹는다. 쿠키는 꼭 그날 먹지 않아도 된다. 시간이 지나면 오히려 조금 꾸덕해지거나 부드러워지기도 한다. 그렇게 몇 달을 먹었다. 쑥국당에 들른 만큼 필라테스에 들렀고, 당수치는 오르락내리락했다. 나는 평생 쑥국당만 다녀야지, 하는 안일한 태도로 살았다. 통밀무화과를 만나기 전까지 말이다.

쑥국당
부드러운 꾸덕 쿠키 맛집이다. 나는 여기서 꾸덕 치즈를 가장 좋아하고, 꾸덕 쑥, 돼지바도 구매한다.

바삭한 쿠키 맛집

통밀무화과쿠키를 만난 후 나는 마치 새해를 맞아 금연을 결심한 사람처럼 금단증상에 휩싸였다. 불안, 피로, 긴장, 두통, 기침이 동시에 찾아왔다(물론 야근 때문이다). 일요일에 우연히 먹었는데, 여기 사장님은 어디 딴살림이라도 차렸는지 월화수를 다 쉬었다. 젠장, 통밀무화과를 미리 사놓지 않는 사람에 대한 배려는 찾아볼 수가 없다. 화요일과 수요일에 혹시나 하는 마음으로 찾아갔지만 역시나

닫힌 문 앞에서 쓸쓸히 돌아왔다.

통밀무화과쿠키는 말 그대로 통밀로 만든 쿠키다. 시판하는 과자 오리온 다이제와 비슷한 느낌이다. 너무 달지도 않고 고소하다. 껍질을 깎아내면 백미, 껍질을 깎지 않으면 현미인 것처럼, 껍질을 깎지 않은 밀을 통밀이라 부른다. 통밀과 현미는 포만감이 오래가서 착한 탄수화물로 불린다. 정제된 밀가루가 혈당과 인슐린을 높인다고 하자, 통밀빵이 인기를 끌기 시작했다. 통밀빵에도 문제는 있다. 아무래도 몸에 좋은 대신 맛이 떨어진다. 그러면 쿠키도 통밀쿠키는 밀쿠키보다 맛이 떨어진다…는 개뿔, 통밀로 만들었는데도 도파민이 폭발한다. 지금 다소 격앙된 글을 쓰는 것도 다 쿠키 때문이다. 이제 정제된 밀가루로 만든 쿠키는 먹을 이유가 없어졌다. 지금까지 맛없는 통밀빵 만든 사람들은 다 구속해야 한다. 맛도 좋고 몸에도 좋은데 통밀로 만들지 않을 이유가 없다. 정제는 불순물을 제거하는 과정을 가리킨다. 효율성을 중시하는 현대 사회에서는 어떤 일이건 정제 공정이 필수로 들어간다. 통밀무화과쿠키를 먹으며 정제 공정의 역할을 다시 생각해본다. 불순물은 맛있다.

통밀 사이사이에 무화과가 박혀 있다. 무화과는 생과일 그대로 먹으면 맛이 안 산다. 열을 가하는 요리에서 특히 빛을 발한다. 처음 무화과에 빠진 계기는 청담동에 있는 레스토랑 미엘이었다. 독서모임이 끝나고 찾아갔는데, 여기에 무화과피자가 있었다. 약간 바삭한데 부드럽고, 씹히는 맛이 있는데 그냥 꿀떡꿀떡 넘어가는 이게 뭐지?! 그게 무화과였다.

무화과는 뽕나무의 일종이라는데, 과연 한 방 맞은 듯한 기분이었다. 음, 역시 청담동이야, 하며 뽕의 기운에 취했다. 그게 여기 통밀 사이사이에 박혀 있는 거다. 청담동을 통째로 씹어먹는 맛이다.

가운데는 노오란 크림을 올렸다. 크림치즈인지 뭔

지 모르겠다. 통밀무화과는 전체적으로 달지 않고 담백한데, 가운데 부분만 달달해서, 이게 또 사람 미치게 만든다. 가운데 부분을 먹으면서 꽃기린님과 논쟁이 붙었다. 바삭한 바깥 부분 먼저 먹고 가운데 크림 부분을 먹을거냐, 아니면 바삭한 바깥 부분과 가운데 크림 부분을 같이 먹을 거냐 하는 논쟁은 이재명이냐 윤석열이냐 하는 문제만큼 치열하게 전개되었다. 무지막지하게 쏠리고 치우친 꽃기린님은 '따로 먹어도 너무 맛있다'파, 균형과 절제를 중시하는 나는 '가운데와 바깥을 적절히 섞어 먹어야 더 맛있다'파다. 어찌 되었건 하나가 당선되었다.

월화수 오매불망 기다리다 겨우 목요일이 되어 다시 가게를 찾았다. 너무 늦은 시간이었을까. 통밀무화과는 다 팔렸단다. 젠장, 통밀무화과에 중독된 사람에 대한 배려가 전혀 없다. 여기도 그날 만든 걸 다 팔아버리고 문을 닫는다.

진짜 여기 비추다. 한번 먹으면 자꾸 생각나서 일상

생활에 영향을 주는 통밀무화과 비추. 사장님에게 물어보니 정말 딴살림을 차린다고 한다. 멀리 가는 건 아니지만, 어쨌든 사람 설레게 만들고 떠나버리는 오브베이크 진짜 비추!

오브베이크
바삭한 쿠키 맛집. 나는 무조건 통밀무화과쿠키다. 그날그날 구워내는 쿠키가 바뀐다. 한번은 통밀무화과를 굽지 않는 날인데 괜히 찾아가서 우울한 표정으로 커피를 마시고 있었더니, 사장님이 가엾게 여겼는지 통밀무화과 하나를 구워주었다. 여기 비추하는 거 취소다.

에스프레소 바

카페는 머무르는 곳이다. 책을 읽거나 글을 쓰기 위해서 종종 들르지만, 온전히 커피를 즐기기 위해서 가는 경우는 없다. 커피는 나를 위한 게 아니다. 오로지 노동자의 가동률을 높이기 위해서 투입하는 자원에 가깝다. 투입 대비 산출이 좋다. 회사 탕비실에 가면 커피가 있고, 나는 그 커피를 두유에 섞어 마신다. 능률이 떨어지거나 집중이 흐려지면 찾아 마신다. 이걸 굳이 카페에 가서 비싼 돈 주고 사 마셔야 할까. 어디까지나 자릿세 개념으로 커피를 주문해 왔다. 당연히 테이크아웃(to go)은 하지 않는다.

상비된 커피를 회사 복지라고 생각한 적이 있었다. 얼음도 와르르 나온다. 이걸 공짜로 주다니 여기 구글인가, 감탄했는데 알고 보니 화학적 채찍이었다. 담배도 마찬가지. 각성은 생산성을 높인다. 몸과 마음이 나른해지는 대마초는 제조업의 나라 대한민국에서 절대 허용되지 않는다. 커피와 담배에서 만들어지는 각성은 집중력을 높이는데, 집중력은 창의력과 정반대에 위치한다. 각성한 뇌는 풍부한 상상력의 발현을 막는다. ADHD를 치료하는 약도 카페인과 유사하게 작동한다. 집중력을 높이고 창의력을 떨어뜨린다. 원래 이 글도 엄청 재미있게 쓰려고 했는데 좀 전에 커피를 마시는 바람에 갑자기 재미없어졌다.

주변을 둘러보면, 능력 있는 사람들이 커피를 즐겨 마신다는 걸 알 수 있다. 옆자리 팀장이 카페라테를 하루에 다섯 잔 마신다는 소문이 있다. 소문이 맞는지 궁금해서 물끄러미 쳐다본 적도 있다. 확실히 커피는 성과를 높인다(모집단 약간 작음). 나는 일에 집중하기 위해서만 커피를 마시는데, 이것도 내성이 생겼는지 효과가 갈수록 떨어지는 기분이다. 요즘엔 대체로 일을 못 하는 상태라고 보면 된다. 퇴근해서도 커피를 마시는 사람들은 일을 도대체 얼마나 잘하는 걸까. 집안일까지 남김없이 처리해버릴 것 같다.

이렇게 생각하면 능력도 별거 아니다. 회사에서 잘나가는 사람들 앞에서는 항상 주눅이 들었는데, 어찌 보면 이 사람들도 나보다 커피 몇 잔 더 마신 거 아닌가. 나도 마음만 먹으면 커피 더 마실 수 있다. 선천적으로 장이 약해서 설사할까 봐 자제하는 것뿐이다. 커피도 마음도.

이탈리아는 출퇴근길에 잠깐 들러서 한두 잔 빠르게 마시는 스탠딩 에스프레소 바가 흔하다고 한다. 처음 한국으로 들어온다고 할 때는, 과연 이게 될까, 하는 의구심이 먼저 들었다. 한국 사람은 이야기하러 카페에 가는데, 에스프레소만 홀짝 마시고 나가는 매장을 여기 한국에 열다니. 에스프레소 바를 여는 사장은 도대체 어떤 야망을 품은 걸까. 혹시 서점 사장만큼 현실 감각이 없는 건 아닐까.

에스프레소 바가 바로 서점 근처에 생겼다기에 한 번 가봤다. 자리는 한두 개뿐이었다. 대부분 카운터에서 주문하고 그 자리에서 바로 후루룩 마셔버린다. 주유소도 아니고, 다들 일만 하는 기계로 살려는 걸까. 사라지는 낭만을 안타까워하며 부화뇌동하는 마음으로 마셔봤다(남들이 다 하면, 나도 어쩔 수 없다). 맛있다. 뭐지, 뭐지, 하는 마음으로 다음 날 또 가서 마셔봤는데 역시나 맛있다. 착각이 아니었다. 커피는 기계로 내리는 건데 왜 어떤 커피는 더 맛있는 걸까. 나른하고 기분이 좋아진다. 커피에 대마초라도 넣은 걸까.

원래 에스프레소는 쓰고 맛없는 것으로 유명하다. 팀장 맛이라고 할 수 있을까. 쓰고 텁텁한 맛이 농축되어 있다. 적어도 내가 먹어본 건 그랬다(모집단 약간 작음). 여기는 부드러운 크림이나 토핑을 올려서 균형을 맞춘다. 매일 와서 마셨더니 생산성이 쭉쭉 올라가는 기분이다(기분이 그렇다는 거다). 누가 시키지 않아도 자발적 야근으로 나 자신을 착취할 준비가 되었다.

어느 날 에스프레소 바에서 커피를 주문하고 있는 팀장을 발견했다. 문을 열고 들어오면서 팀장을 발견하자마자 신속하게 몸을 돌려 밖으로 나갔다. 나만의 공간을 침범당한 기분이다. 여기에서까지 팀장을 만나고 싶지는 않다. 가게를 바꿔야 할지, 아니면 회사를 옮겨야 할지 진지하게 고민해야겠다.

에스프레소 바에 대한 불필요한 걱정은 이제 오지

랖으로 밝혀졌다. 여기는 사람이 바글바글하다. 남 걱정할 때가 아니다. 허황된 꿈을 꾸는 건 작가와 서점 주인뿐인 듯하다.

데이즈라이크디스
에스프레소 바. 이유는 모르겠지만 커피가 맛있다. 무화과파이도 맛있다.

나오는 말
- 사적인 맛집

맛집은 사적이다. 오늘 점심은 김치찌개입니다, 라고 외치며 우르르 몰려가서 먹는 집. 거기서 몰래 빠져나와 혼자 가서 먹는 집. 하나를 꼽자면, 후자가 맛집이다. 남이 알려준 데 가는 게 아니라 똥인지 된장인지 굳이 먹어보고 판단해야 맛집 목록을 만들 수 있다. 맛집이라고 해도 모든 메뉴가 다 소름 끼치게 맛있는 경우는 없다. 어디에나 특출난 메뉴가 있고 신명 나는 조합이 있다. 칼국숫집인데 김치전이 더 맛있는 경우(합정)도 있고, 막걸릿집에서 정말 막걸리만 맛있는 경우(신사)도 있다.

맛집은 사적이라 했지만, 계속 사적으로만 남아 있기는 쉽지 않다. 좋은 데가 있으면 나만 알고 있기보단(사람이 많아지면 어떡하지, 걱정되는 아주 조그만 가게는 제외) 널리 퍼뜨리고 싶다. 좋지? 맛있지? 옆구리를 찔러서 인정받고 싶다. 그 결과물이 이 책이다. 옆구리를 찌르고 싶다.

나오는 말
- 반가운 배고픔

들개이빨(작가 이름이다)은 「먹는 존재」에서 배고픔을 이야기한다. 평생을 따라다니며 수금하는 악질 양아치 같은 존재라 욕하지만, 정작 주인공 유양은 돌아다니면서 잘도 먹는다. 맛있는 음식을 만날 때마다 배고픔은 행복으로 교체된다. 양아치 같은 삶을 견디는 힘도 여기서 얻는다.

공복은 수시로 찾아온다. 재미있는 건 연애 문제도, 취업 고민도, 어제 망친 발표도 배고픔이 에헴, 하며 들어오면 자리를 내어준다는 거다. 그러면 숨통이 조금 트인다. 도무지 그 규모를 가늠할 수 없는 무언가가 우리의 위 크기 정도로 작아지는 순간이다. 고통은 우리 생각보다 작다. 한 인간을 완전히 압도할 만한 불행이 닥쳐오면 배고픔의 자리는 없다. 뒤집어보자면 아무리 힘들다 해도 일단 배가 고프면 어마어마한 불행은 아닌 거다. 배고픔을 느꼈을 땐 해결하면 된다. 다른 건 몰라도 이건 할 수 있다. 딱 우리가 감당할 수 있을 정도의 결핍. 그게 공복이다. 그래서 공복은 반갑다.

배고픔 정도의 결핍에 괴로워하며, 이따 뭐 먹지 정도의 고민에 머리를 쥐어짜며 살고 싶다. 나는 그래서 평생….

아, 어느새 배가 고프다. 일단 먹고 생각하자.

2쇄를 그리며

초판 1쇄는 200부만 인쇄했다. 그동안 만든 책이 팔리는 추이를 보면서 인쇄 부수를 결정했다. 단독 저자라면 200부로 충분할 거라 생각했다. 명백한 오판이었다. 생각보다 서점이 많았고, 주인이 착했다. 10개 서점에 10부씩만 보내도 100부다. 책을 입고하다 부랴부랴 중쇄를 결정했다. 원래 중쇄는 축하받아야 할 일인데, 이건 누구한테 말도 못 한다. 이른바 판단 미숙으로 인한 중쇄라 할 수 있겠다.

인쇄소에 파일을 보내려다 혹시 오타가 있는지 찾아보려고 책을 폈다. 1쇄를 인쇄하고 입고하느라 바빠서 한 번도 펼쳐보지 못한 상태였다. 본디 꾸준한 성정이다 보니 뭘 하나 시작하면 본의 아니게 끝장을 보곤 한다. 쓰레기 하나 주우려다 대청소가 시작되는 거다. 원래 오타만 찾으려고 했는데, 어느 순간

펜으로 찍찍 그으며 퇴고하는 나를 발견했다. 고친 양이 상당하다. 2쇄에서 갑자기 수준이 확 올라가면 1쇄 구매한 독자가 억울할 수 있으니, 감안해서 수정했다.

1쇄를 인쇄하고 한 달이 지났는데도 입고하기로 한 서점에 책을 다 보내지 못했다. 시간이 걸린다. 컨셉을 잘못 잡았기 때문이다. 하도 친환경이 트렌드라고 하니까 비닐 대신 종이로 포장했다. 문제는 원하는 크기의 종이봉투가 없다는 거다. 어쩔 수 없이 크라프트지를 주문해서 직접 종이를 자르고 책을 포장한다. 퇴근하고 하루에 열 권 스무 권 포장하고 나면 쓰러진다. 다음 책은 환경 파괴를 컨셉으로 해야겠다. 플라스틱으로 감싸고 질소 충전을 해야지.

3쇄를 끓이며

이젠 어이가 없어서 말도 안 나온다. 아직 팔린 건 얼마 안 된다. 입고를 요청한 서점이 생각보다 많아서 어쩔 수 없이 또 인쇄했다. 종이를 오리고 붙이고 감싸는 포장 업무에 투입되면서, 생각도 못 한 격무에 시달렸다.

나보다 더 고생하는 이들이 있다. 코로나 바이러스 격무로 고생하는 의료진에게 위로와 응원을 보낸다. 의사가 부족하다. 얼른 의대 정원이 늘어나 적정한 노동 강도와 노동 시간이 보장되기를 기원한다. 어쩌면 이들에게 동네 책방에 갈 시간이 생기고, 책 읽을 여유가 생길 수도 있다. 운 좋게 내 책이 더 많이 팔리면 나는 포장을 더 많이 해야 한다. 잠을 줄여가며 포장하다 결국 병원 신세를 질지도 모른다. 이는 의료진의 격무로 이어진다.

5쇄를 떠나보내며

믿기지 않지만 혼자 어설프게 만든 책은 5쇄까지 나왔다. 물론 비결은 소량 인쇄다. 1쇄 200부를 시작으로, 2쇄 100부, 3쇄 130부, 4쇄 220부 그리고 5쇄 100부까지 총 750부가 세상에 나왔다. 호기롭게 인쇄해서 서점으로 보냈지만, 걱정되는 건 어쩔 수 없다. 750부가 계속 서점에 남아 착한 주인을 괴롭히는 건 아닐까. 독자에게 가서 집 지키는 반려책이 될 수 있을까. 아니면 작가에게 다시 돌아와 애물단지로 재탄생할 것인가.

개정판을 기다리며

작은 핸드백에 쏘옥 들어가지 않으면 책이 아니다. 벽돌이다.

위 문장을 모토로 삼고 책을 만들어 왔다. 작고 귀여운 책을 좋아한다. 내 마음대로 글을 쓰고 책을 만드는 독립 출판의 세계에 발을 들이면서 기성 출판은 하지 않으려고 마음 먹었다. 그러다 디자인이음에서 개정판 제안을 받았다. 고민도 안 하고 즉각 대답해 버렸다. 사랑합니다!! 디자인이음의 '청춘문고'는 예전부터 좋아한 시리즈다. 내 작품이 여기에 들어가다니, 감개무량하다.

책을 내고 나서 많은 게 바뀌었다. 나이가 들면서 머리도 빠지고 기운도 빠지고 있다. 이 몸으로 격동의 시대를 지나고 있다. 감염병이 사람의 몸과 마음을, 러시아가 우크라이나를, 코인이 투자자의 자산을 쓸어갈 때,

우리는 마스크를 쓰고 맛집을 찾아가고, 맛집 후기를 블로그에 올리고, 심지어 맛집 에세이를 쓴다. 이걸 가능케 하는 평화로움에 안도한다. 평화도 누구에게나 동등하게 주어지지 않기 때문에 더욱 다행이다.

이 와중에 서점을 열었다. 작은 핸드백에 쏘옥 들어갈 것 같은 작고 귀여운 서점이다. 언뜻 평화로운 공간으로 보인다. 멀리서 포탄이 날아와도 전염병이 창궐해도, 왠지 서점만은 (손님이 없어서인지) 조용할 것 같다. 나른하고 평화로운 공간에서 치열하게 일하고 있다. 건물주의 머리에 총구를 들이댈 용기가 없다면, 결국 월세는 내야 하기 때문이다.

디자인이음에서 책 인세를 미리 받아 서점 월세를 냈다. 펜이 총보다 강하다는 걸 다시 한번 실감했다. 서점을 운영하며 (며칠 안 되었지만) 알게 된 근처의 맛집을 추가했다. 책 읽을 시간도 글 쓸 시간도 없다고 징징대지만, 주변 맛집은 자연스럽게 섭렵했다. 조금 민망하다.

감사합니다

책이 만들어지기까지 도움을 받은 분이 많다. 늦게나마 감사한 마음을 전한다. 아래에 이름이 없다면 안 감사한 것이다.

1쇄에는 더 큰 글씨로 상세하게 적었으나 3쇄에서 비중을 줄였다. 시간이 지나면서 감사한 마음도 작아졌기 때문이다. 사람은 간사한 것이다.

이름 : 안큼큼
좋아하는 음식 : 소고기 스테이크
이유 : 저는 항상 단백질이 부족한 사자 같아요. 제 삶에서 가장 맛있는 건 소고기입니다.

이름 : 홍길떡
좋아하는 음식 : 떡볶이
이유 : 원래 빨갛고 달고 매운 음식을 좋아하는 편인데, 마침 떡볶이가 빨갛고 달고 맵다.

이름 : 강개똥
좋아하는 음식 : 달걀후라이
이유 : 하루에 백개씩 먹고 싶다. 너무너무 좋아. 간혹 달걀후라이를 안 좋아하는 사람을 만나면 좋다. 그 후라이도 내 꺼.
수박와구와구 : 허걱

이름 : 매직퀸 소경희
좋아하는 음식 : 회
이유 : 회는 진리입니다. 이 세상 어느 음식보다 아름답습니다.

이름 : 김사철
좋아하는 음식 : 백반
이유 : 아늑한 가정의 맛. 집밥이 제일이다. 지금도 먹고 싶다.

이름 : 아무거나
좋아하는 음식 : 비빔밥
이유 : 어릴 때 차례 끝나고 먹은 비빔밥이 너무 맛있었다. 지금도 좋아한다.

이름 : 김동민
좋아하는 음식 : 삼겹살 & 파절이
이유: 단맛, 짠맛, 매운맛의 삼중창

이름 : 여미
좋아하는 음식 : 엄마가 해준 부침개
이유 : 채소를 썰어 듬뿍 넣고 바로 부쳐서 먹는 뜨거운 부침개. 엄마랑 이야기하면서 먹기 시작하면 끝도 없이 입으로 들어간다.

이름 : 김근아
좋아하는 음식 : 김
이유 : 밥도둑. 배고플 때 밥에 김을 싸먹으면 딱 맞는 간과 감칠맛에 엉덩이가 씰룩인다. 바닐라 아이스크림도 한번 싸먹어 보십시오.

이름 : 세라피움
좋아하는 음식 : 들기름과 후추로만 볶은 새송이버섯에 돌솥밥과 깨끗이 씻은 상추 그리고 쌈장을 넣은 쌈
이유 : 버섯은 고기나 국에 엑스트라로 나오지만, 사실 버섯 자체만으로도 맛있다. 오로지 버섯만 넣은 쌈은 그 꼬들꼬들한 식감을 극대화해준다. 가끔 작은 고기를 함께 싸먹으면 퍼펙트!!

이름 : 해사
좋아하는 음식 : 채소를 가득 넣어 보글보글 끓인 맑은 국물에 고기를 넣어가며 따뜻하게 그리고 느긋하게 먹을 수 있는 샤브샤브
이유 : 애틋하면서도 그립고 또 설레는 그런 음식이니까요?!!

이름 : 성수아빠
좋아하는 음식 : 회
이유 : 일단 맛있다. 회는 맹맹하지만 초장이나 간장을 찍어 곱씹다 보면 고소하다.

이름 : 채야
좋아하는 음식 : 떡국
이유 : 뭔가 나이 먹음의 상징. 간궈 아닌가요? 이게 설날에만 해당된다는 게 좀 이상할 정도. 암튼 그래요. 그리고 원래 제가 떡이랑 국물류를 좋아합니다. 좋은 거 + 좋은 거 = 짱 좋은 거

이름 : 신현섭
좋아하는 음식 : 갈릭버터쉬림프
이유 : 단짠에 진심인 새우!

이름 : 먹굴
좋아하는 음식 : 팥 들어가는 죽이나 면, 지방의 향토 음식 최고
이유 : 각 지방의 신선한 재료가 최고의 음식 맛을 만든다.

이름 : 러브쥬드
좋아하는 음식 : 쌈
이유 : 맛있는 다이어트 식품이다.
수박와구와구 : 그런데 왜 그렇게 많이 먹지요?

이름 : 로아츄
좋아하는 음식 : 김치찌개
이유 : 김치찜도 맛나고 치즈 피자도 좋지만 찌개는 머니 머니 해도 개운한 게!!

이름 : 헌ol
좋아하는 음식 : 푸드코트 돈까스
이유 : 향수 때문이다. 어릴 때 엄마 따라 프라자에 가면 항상 지하 푸드코트에서 돈까스를 사주셨다.

이름 : 누리
좋아하는 음식 : 아카시아꽃 튀김
이유 : 꼭 먹어보고 싶습니다. 고소고소 바삭바삭 와사사 파스스.

이름 : 오징어외계인
좋아하는 음식 : 떡볶이
이유 : 쫀득쫀득하고 매콤달콤한 맛이 스트레스를 없애줘요.

이름 : 박재일
좋아하는 음식 : 얼린 청포도
이유 : 차갑지만 술과 함께 하면 오히려 시린 마음을 따뜻하게 감싸주는 친구라서 좋아해요.

이름 : 83번
좋아하는 음식 : 치킨과 카페라테
이유 : 살 빼려고 저탄고지를 하는데 저 둘만은 포기가 안 돼서….
ㅜㅜ 라떼는 말이야!
수박와구와구 : 같이 먹나요?!

이름 : 맑은하늘
좋아하는 음식 : 두부 많은 얼큰한 된장찌개
이유 : 언제 먹어도 질리지 않고 쌈싸먹어도 맛있다.

이름 : 용
좋아하는 음식 : 터키커리
이유 : 먹어본 커리 중 가장 맛있는 곳이 터키 음식점이었다.
이름 : 민들레청년이상춘
좋아하는 음식 : 토마토달걀피자
이유 : 맛도 좋고 색도 예쁘고 영양가도 높고, 내 취향이다.

이름 : 앙코르석공
좋아하는 음식 : 우유팥빙수(눈꽃빙수)
이유 : 단맛에 녹아든 팥의 맛, 우유의 고소한 맛 그리고 눈꽃빙수의 은은한 시원함. 함께 하면 맛의 폭탄!

이름 : 은수달
좋아하는 음식 : 연어회
이유 : 아무리 먹어도 질리지 않고 자꾸만 생각나네요.

이름 : 김유란
좋아하는 음식 : 초콜릿이 재료의 대부분인 모든 음식
이유 : 달콤하고 맛있다!

이름 : 상민
좋아하는 음식 : 간장게장
이유 : 밥 비벼 먹으면 언제 먹어도 맛있다.
수박와구와구 : 안도현이 원망스럽다.

이름 : 슈슈
좋아하는 음식 : 이른 아침에 먹는 수프
이유 : 하루 종일 마음에 온기가 도는 기분이 들어서

이름 : Kemon_tea
좋아하는 음식 : 상큼한 디저트(ex. 레몬타르트)
좋아하는 이유 : 신맛을 사랑한다. 상큼한 맛에 나의 손이 멈추지 못하고, 나의 정신을 깨워주기 때문이다.

이름 : 섭섭
좋아하는 음식 : 돈까스(특등심)
좋아하는 이유 : 맛있는 고기를 튀기면 더 맛있기 때문에

이름: 도롱뇽
좋아하는 음식: 나폴리탄 스파게티
이유: 조리법이 간단하고 맥주와 잘 어울린다.

추천사
- 끝말잇기 같은 글

일단, 축하한다. 그의 개인 책이 세상에 첫발을 뗀 것을 축하한다.

매번 다른 사람들의 글을 편집하여 책 만드는 것에 익숙한 출판사 편집자인 그가 갑자기, 자신의 책을 내겠다고 선언했을 때 매우 깜짝 놀랐다. 자신만의 무릉도원에서 욕심 없이 혼자 글을 쓰며 만족하는 사람이라고 생각했기 때문이다. 그런 그가 개인 서재에서 매일 오전 2~3시까지 자신의 글을 퇴고하는 모습을 보며, 처음으로 그의 꿈이 작가라는 사실을 믿었다. 작년 이맘때쯤 브런치에 1년 동안 매일

300여 편의 글을 올릴 때는 볼 수 없었던 진지함이 있었기 때문이다. 글을 대하는 태도가 무겁고, 단단하고, 진지했다.

그는 우리가 어릴 적 즐겨 했던 추억의 게임, 끝말잇기 같은 사람이다.

Hoxy, 여러분은 끝말잇기를 좋아하는가? 학창 시절에 끝말잇기를 즐겨 했는가? 내가 생각하는 끝말잇기의 묘미는 서로 완전히 다른 단어의 앞말과 끝말을 연결하면서 일종의 관계를 만들어가는 것이다. 일곱 살 조카가 '수박'이라고 하면 서른일곱 살 이모가 '박수'라고 연결할 수 있는 그 절묘함. 서로 전혀 관계 없어 보이는, 세상의 양 끝에 살던 단어를 만나게 해주는 묘한 뿌듯함. 그것이 끝말잇기의 매력이다. 이 책의 작가 역시 그렇다. 이 무더운 여름, 아무렇지 않게 '수박'이 달다고 말하다가, 이렇게 달콤해진 수박을 만들어낸 과학을 공부하고 그에 대한 '박수'를 재미나게 치는 소중한 작가다.

드디어 그를 닮은 끝말잇기 같은 책이 오랜 퇴고를 거쳐 우리 곁에 도착했다.

그의 글은 끝말잇기도 닮았지만 우리의 기억, 소소한 사유와도 닮았다. 우리는 자신의 사고가 국어사전의 자음과 모음처럼 일정한 규칙대로 일목요연하게 전개되기를 바란다. 그렇지만 우리의 사유가 아름다운 이유는 하나같이 장난꾸러기여서다. 머릿속에서 아주 짧은 찰나에 지나가는 수많은 사람, 사물 그리고 개념은 떨어졌다가도 한데 붙고, 어느 순간 다시 떨어져 장난치고 논다.

굳이 예를 들자면 나는 지금 빈백에 앉아 이 글을 쓰면서 케이크를 오물오물 먹는다. 케이크 크림도 너무 맛있고, 씹히는 과일도 신선하고 다양하다. 이걸 선물해준 커플이 서로를 바라보는 눈빛도 이 생크림처럼 달콤했던 것 같다. 맛있게 먹었다고 카톡 보내줘야지. 자연스럽게 이런 생각을 떠올린다. AI가 보통의 존재인 인간보다 더 많이 발전했다 할지

라도, 케이크에서 커플의 눈빛을 거쳐 카톡까지 아무런 거리낌 없이 나아가는 보통의 사유를 쉽게 할 수 없다. 이들 단어는 모두 다른 분류 그룹에 들어가 있을 테니까. 그래서 우리의 사유는 소중하고 아름답다. 이런 보통의 사유를 그대로 닮은, 그대로 담은 그의 글을 독자분들이 사랑해주기 바란다.

피로 사회와 노브랜드 버거, 수입 방법과 와인, 정부재난지원금과 쌈장 등 글에 등장하는 단어들만 나열해보면 어떤 이야기가 펼쳐질지 전혀 예상되지 않는다. 하지만 그의 글을 읽다 보면 어느새 당신도 고개를 끄덕이는 신비한 체험을 할 것이다. 첫발을 뗀 그에게 다음 책을 또 써보라고 권하는 건 조금 이른 감이 있지만, 아마 이 책을 읽은 소수의 소중한 독자들이 이미 다음 끝말잇기를 기다릴지도 모르니 빨리 준비하는 게 좋겠다.

- 그를 오랫동안 곁에서 지켜본

북 코디네이터 꽃기린

· 자주 가는 카페가 있나요?

· 가장 좋아하는 찌개는?

· 즐겨 마시는 술이 있나요?

· 줄을 서는 가게라면 기다려서 먹나요?

· 나만의 독특한 레시피가 있나요?

· 못 먹는 음식이나 식재료는?

· 가끔 요리를 하나요?

· 오늘은 뭐 먹나요?

수박와구와구

수박을 와구와구 먹으면서 책을 읽는다(사실 유튜브 본다). 수박물이 책에 튄다(지저분하게 먹는 편이다). 가끔은 위스키가 수박을 대체한다(사실 막걸리파다). 그럴듯한 문장을 만나면 글이 쓰고 싶다(사실 질투 난다). 괄호 안에서는 솔직해질 수 있다.

우리는 평생 배고프다

2022년 10월 5일 1판 1쇄 발행

글 쓴 이 수박와구와구
그 린 이 이태원댄싱머신
발 행 인 이상영
편 집 장 서상민
편 집 인 이상영
교정·교열 노경수
디 자 인 서상민, 배어진
마 케 팅 박진솔
펴 낸 곳 디자인이음
등 록 일 2009년 2월 4일:제300-2009-10호
주 소 서울시 종로구 효자동 62
전 화 02-723-2556
메 일 designeum@naver.com
blog.naver.com/designeum
instagram.com/design_eum

*잘못된 책은 바꾸어드립니다.